BETTINA BELITZ

SAPHIR

REBELLISCHE HERZEN

BETTINA BELITZ

Saphir

REBELLISCHE HERZEN

KOSMOS

Umschlaggestaltung: Kathrin Steigerwald, Hamburg
unter Verwendung von Fotomotiven von Tetiana Shamenko/fotolia
und callipso88/fotolia

Unser gesamtes lieferbares Programm und viele
weitere Informationen zu unseren Büchern,
Spielen, Experimentierkästen, DVDs, Autoren und
Aktivitäten findest du unter **kosmos.de**

FSC
www.fsc.org
MIX
Papier aus verantwortungsvollen Quellen
FSC® C014496

Gedruckt auf chlorfrei gebleichtem Papier

ISBN 978-3-440-15954-5
Redaktion: Teresa Baethmann
Produktion: Verena Schmynec
Grundlayout und Satz: DOPPELPUNKT, Stuttgart
Druck und Bindung: GGP Media GmbH, Pößneck
Printed in Germany / Imprimé en Allemagne

ZOMBIE MEETS EINHORN

„Kaffee?"

Ich nicke, obwohl ich gar keine Lust auf Kaffee habe, und Steffen schiebt mir einen Becher und die Thermoskanne rüber, die er bei sich trägt wie andere Menschen ihr Handy. Wahrscheinlich ist sie ihm sogar wichtiger als sein Handy. Mit klammen Händen gieße ich mir einen Schluck ein und lege sie dann um die Tasse, um sie aufzuwärmen. Steffens prüfenden Blicken weiche ich aus. Ich mag seine Augen, so dunkel und müde, wie sie meistens sind. Überhaupt bin ich froh, mit ihm hier zu sitzen und nicht mit Diana. Aber heute fühlt es sich anders an als sonst. Er hat etwas auf dem Herzen und ich ahne, worum es geht. Schon seit Wochen warte ich auf diesen Tag.

„Geht's dir gut, Fledermaus?"

Fledermaus. Normalerweise muss ich grinsen, wenn er mich so nennt – er tut es wegen meiner wuscheligen, kurzen schwarzen Haare und meiner blassen Haut, weil ich ihn damit an einen Vampir aus irgendeiner uralten Fernsehserie erinnere, die er als Kind gerne geschaut hat. Steffen ist einer der wenigen Menschen, die mich zum Lächeln bringen können. Doch heute fühlt sich mein Gesicht an wie eingefroren.

„Ganz okay“, murmele ich beiläufig. Ich weiß nicht genau, was „gut gehen“ eigentlich bedeutet. Keine Ahnung, ob es mir jemals wirklich gut ging – zumindest so, wie Steffen das meint. Ich lebe eben. Ich stehe morgens auf, gehe zur Schule, quäle mich mit den wenigen Hausaufgaben herum, die man uns dort zumutet, fahre zurück in die WG, spreche mit Steffen oder Diana und ziehe mich in mein Zimmer zurück, um fernzusehen oder zu schlafen. Wenn ich mal wieder nachts aufwache und nicht mehr einschlafen kann, laufe ich den Flur auf und ab, weil ich mich in diesem Haus eingesperrt fühle. Das sind die Momente, in denen es mir definitiv nicht gut geht und in denen ich zurückwill in mein altes Leben. Es war beschissen, aber wenigstens konnte ich gehen, wann ich wollte, und an die Prügel, die ich einsteckte, wenn ich zurückkam, hatte ich mich irgendwann gewöhnt.

„Roxy, ich will nicht drum herumreden, das liegt mir nicht.“

Steffen ist anders als die anderen. Er war schon ganz unten, genau wie ich. Hat ein paar Jahre auf der Straße gelebt, bevor er sich aus eigener Kraft aus dem Dreck gezogen hat, und nun kümmert er sich um diejenigen, die das noch nicht packen. Menschen wie mich. Aber er tut es ohne Moralpredigten und die ganze emotionale Kacke, die Diana hier manchmal abzieht.

„Dann schieß los."

„Du hast da noch was vor dir."

Diana hätte gesagt: „Wir haben da noch was vor uns." Dabei bin ich es, die ausbaden muss, was ich verbockt habe, und niemand anderes.

Steffen fängt in aller Ruhe an, sich eine Zigarette zu drehen. Rauchen würde er sie in unserer WG-Küche nie, dafür geht er immer vor die Tür. Ich schau ihm gerne dabei zu, wie er den Tabak in das Papierchen bröselt und ihn schließlich einrollt. Das hat etwas Beruhigendes, selbst jetzt.

„Der Vater deines Opfers ..." Steffen verzieht den Mund. „Stopp, das muss ich umformulieren. Ich soll sie nicht Opfer nennen. Also: Der Vater des Mädchens, das du verprügelt hast, hat ja darauf bestanden, dass du eine Aufgabe bekommst, die dich fordert und fördert."

„Ja, und ich verstehe immer noch nicht, warum." Vor Gericht habe ich ihn nicht angeschaut, genauso wenig wie das Mädchen. Aber an seine Stimme erinnere ich mich noch gut und auch an seine Worte. Sie waren viel zu freundlich gewesen.

„Das musst du ja nicht“, erwidert Steffen gelassen und leckt den Rand des Papierchens ab. „Du musst dich dieser Aufgabe nur stellen und nächste Woche ist es so weit. – Kennst du das Kastanien-Hof?“

Plötzlich wird mir so heiß, dass ich die Finger von der Tasse löse, als hätte ich mich an ihr verbrannt. Kastanien-Hof. Ja, das kenne ich und es passt nicht in meine Welt. Das ist, als würde in einer Walking-Death-Folge plötzlich ein schimmerndes Einhorn über die Straße laufen.

„Hm“, mache ich unbestimmt. „Schon von gehört.“

„Schon vom Hof gejagt worden“ würde es besser treffen. Damals hat mein Gesicht genauso gebrannt wie jetzt – allerdings vor Scham und nicht vor Schreck. Nie hatte ich deutlicher gespürt als in diesem Augenblick, dass man mir ansieht, woher ich komme. Selbst aus der Ferne hatten sie es gesehen – und die Hunde auf mich gehetzt.

„Dort gibt es einen kleinen Verein für pferdegestützte Therapie und ...“

„Nein, auf keinen Fall, keine neue Therapie“, falle ich Steffen ins Wort und stelle die Tasse ab. „Das hast du mir versprochen!“

Was Therapien & Co angeht, habe ich in den vergangenen Monaten so einiges hinter mich gebracht: Anti-Aggressions-Training, Gruppengesprächskreis (ätzend), therapeutisches Malen (noch ätzender, ich kann einfach nicht malen) und als Krönung Progressive Muskelentspannung.

„Richtig, und es bleibt bei diesem Versprechen, solange wir regelmäßig unsere Gespräche führen.“ Steffen steckt die Zigarette in den Mundwinkel, ohne sie anzuzünden, wobei er mich an einen Cowboy erinnert, der seinen Hut irgendwo hat liegen lassen. „Du sollst dort keine Therapie machen, sondern dabei helfen, dass andere eine machen können.“

Argwöhnisch mustere ich ihn. Soll das ein schlechter Witz sein?

„Ja, Roxy. Deine Sozialstunden bestehen darin, drei Mal in der Woche nachmittags die Box des Therapiepferdes auszumisten, es zu putzen, in die Halle zu führen und anschließend zu füttern. Das ist machbar, oder?“

„Ich kenne mich mit Pferden nicht aus“, erwidere ich barsch und senke meinen Blick. Wieder wird mir heiß. Meine Worte fühlen sich an wie ein Verrat. Denn es hat mal ein Pferd in meinem Leben gegeben ... früher, als ich noch ein kleines Kind war ... Die Erinnerungen daran sind schwarz-weiß, wackelig und unscharf, manchmal wage ich kaum, sie zu glauben, so alt sind sie. Aber es ist da gewesen, ein kleines, schmutziges Pony mit langer verfilzter Mähne und zersplitterten Hufen, eingepfercht in einen winzigen Wagen. Ganz alleine. Jeden Tag habe ich bei ihm gesessen, schweigend, und gehofft, dass mich dort niemand finden würde. Als die Beamten mich wegholten, hat es mir laut hinterhergewiehert ... Es klingt in mir nach, als wäre es erst gestern gewesen, dass dieses kleine, alte Pferd um sein Leben gerufen hat. Und noch immer killt es mich.

„Du musst dich mit Pferden nicht auskennen", dringt Steffens tiefe Stimme durch meine düsteren Erinnerungen. „Lavendel ist ein Therapiepferd, brav und erfahren. Frau Klamm wird dir zeigen, wie du ihn halfterst und putzt. Roxy, das ist eine riesige Chance, andere Mädchen würden alles stehen und liegen lassen für eine solche Aufgabe. Das ist keine Strafe, sondern eine Belohnung, du hast mehr Glück als Verstand!"

„Wie lange?", frage ich heiser und lege meine Hände wieder um die Tasse. Ich muss mich irgendwo festhalten. „Wie lange muss ich das tun?"

„Acht Wochen. Dann hast du deine Sozialstunden zusammen."

Acht Wochen ... Acht Wochen, die ich mit einem Pferd verbringen darf, um es dann wieder gehen lassen zu müssen, wie damals. Dieses Pony war mein einziger Freund, mein einziger Vertrauter in einer schmutzigen, dunklen Welt.

„Ich kann das nicht", höre ich mich flüstern, wende

den Kopf zur Seite und sehe durch meine Augenwinkel, wie Steffen die Zigarette aus dem Mund nimmt, beide Hände auf den Tisch legt und sich vorbeugt.

„Hast du etwa Angst vor Pferden?"

„Nein, aber ... Mann, das passt nicht! Hast du dir das Kastanien-Hof denn überhaupt schon mal angesehen? Das ist ein versnobter Nobelschuppen! Leute wie mich wollen die dort doch gar nicht haben!"

„Roxy, darum geht es hier nicht." Steffens Ton ist strenger geworden. „Für dich sind nur Frau Klamm und das Therapiepferd interessant. Erledige deine Aufgabe und du bist frei."

Frei? Das glaubt er doch selbst nicht. Für acht Wochen darf ich nachmittags die WG verlassen und ein Pferd putzen, um danach wieder im immer gleichen Rhythmus funktionieren zu müssen und nachts schlaflos den Flur auf und ab zu wandern. Es wird schlimmer sein als vorher. Nicht besser. Ich weiß es jetzt schon.

„Das ist eine gerichtliche Auflage, Roxy. Daran führt kein Weg vorbei. Du bist auf Anhieb mit Moses zurechtgekommen, dann wird es dir auch gelingen, mit einem Pferd umzugehen. Das weiß ich!"

Moses, sein alter, treuer Labrador-Mix, seufzt schwer unter dem Tisch und lässt sich zufrieden auf die Seite fallen, als wollte er Steffens Worte bekräftigen. „Kann ich Frau Klamm zusagen?"

Minutenlang schweigen Steffen und ich uns an, während er sich zwei weitere Zigaretten dreht, die er nicht raucht, und mein Kaffee kalt wird. Er wartet auf mein Ja. Es liegt mir auf der Zunge, schwer und bleiern. Ich muss Ja sagen, ich habe gar keine andere Wahl.

Doch es dauert, bis ich mich dazu überwinden kann. Als es endlich tonlos über meine Lippen kriecht, kann ich hören, wie eine weitere schwere Gefängnistür hinter mir ins Schloss fällt.

Steffen hat mich mit mir selbst eingesperrt.

IM FALSCHEN FILM

„Du machst das gut, wirklich“, wiederholt Frau Klamm, was sie eben schon einmal gesagt hat – und erneut zucke ich nur mit den Schultern. Ich kann mich nicht daran erinnern, wann mir das letzte Mal jemand gesagt hat, dass ich etwas gut mache. Vielleicht hat mir das noch nie jemand gesagt.

Je länger ich bei Frau Klamm und Lavendel in der dämmrigen Stallgasse stehe, desto heller und klarer werden meine Kindheitserinnerungen und ich schaffe es immer weniger, sie wegzudrängen. Der Geruch der Pferde, ihr Schnauben, das Geräusch ihrer Hufe auf dem Boden, das Malmen ihrer Kiefer, wenn sie Heu kauen – all das war schon einmal da gewesen, direkt vor mir. Ich darf es nie wieder so nah an mich heranlassen.

„Hier, probier du es mal.“ Frau Klamm reicht mir den Strick und ich versuche, ihn auf die gleiche Weise, wie sie es mir vor der Therapiestunde gezeigt hat, durch den Anbindering zu ziehen und zu verknoten. Lavendel atmet mir warm in meinen Nacken und bleibt geduldig stehen, bis ich es geschafft habe, den Sicherheitsknoten zu binden.

„Prima. Nun kannst du ihm den Sattel abnehmen, ihn in die Kammer hängen und ihm anschließend sein Belohnungsfutter geben." Sie deutet auf den Eimer, der neben der Box steht. „Das war es dann auch schon. – Kann ich dich damit alleine lassen?"

„Ja!", sage ich etwas zu vorschnell und bemühe mich, sie freundlich anzugucken, auch wenn ich eigentlich gar nicht genau weiß, wie das geht. Ich habe keine Ahnung, wie mein Gesicht dann aussieht. Doch sie lächelt mich zustimmend an, also kann es nicht so wild sein. Frau Klamm ist nett, aber sie erinnert mich zu sehr an Diana. Lächeln gehört für solche Leute zum Beruf. Es wird gelächelt, ganz egal, wer vor ihnen steht, denn sie haben sich auf die Fahnen geschrieben: Wir geben jedem Menschen eine Chance.

Und trotzdem kann sie es nicht erwarten, sich von mir zu verabschieden. Ich kann es kaum glauben; schon am ersten Tag lässt sie mich mit Lavendel allein.

„Dann mache ich mich wieder auf den Weg, Roxy. Am Donnerstag um die gleiche Zeit, ja?"

„Ja, okay." Nichts ist okay – und wenn es irgendeinen anderen Weg gibt, meine Sozialstunden abzuleisten, werde ich am Donnerstag nicht wiederkommen.

Lavendel knickt den linken Hinterhuf ein und lässt mit halb geschlossenen Augen den Kopf hängen. Ich muss mich zwingen, meine Hände in den Jackentaschen zu lassen und ihm nicht über seinen mächtigen Hals zu streicheln, während er vertrauensvoll vor mir döst. Bloß keine Verbindung entstehen lassen. Gefühle sind tabu, das habe ich mir schon den ganzen Nachmittag wieder und wieder eingetrichtert. Doch meine abwehrende, kühle Haltung scheint ihn nicht zu interessieren. Er wirkt so zufrieden wie Frau Klamm eben, nur ohne das gekünstelte Lächeln.

„Du Opi", flüstere ich und klinge dabei viel zu liebevoll. Lavendel ist schon 26 Jahre alt, und man sieht es ihm an. Die Muskulatur am Rücken ist eingefallen, seine Bewegungen sind langsam und gemächlich – genau richtig für die Kinder, die auf ihm sitzen oder liegen, wenn er in der Reithalle seine Runden zieht.

Die Box, in der er fast den ganzen Tag steht, ist eigentlich viel zu klein für ihn. Er kann sich dort nicht richtig hinlegen und die Zwischenwände sind so hoch, dass er das Pferd nebenan gar nicht sehen kann; außerdem ist der Bereich des Schulstalls, in dem er steht, dunkel und stickig.

Zwei-Klassen-Gesellschaft, denke ich und spüre, wie kalte Wut in mir hochsteigt. Auf der schönen, neu gepflasterten Seite des Hofs, mit Zugang zu den weitläufigen Koppeln und dem gut gepflegten, von Bäumen umsäumten Reitplatz, liegen die noblen Privatstallungen. Zutritt für Unbefugte verboten. Auch die große, helle Halle befindet sich dort – zumindest muss sie hell sein, denn das Dach hat mehrere Oberlichter.

In der kleinen Halle, in der die Therapiestunden stattfinden, brennt sogar tagsüber das Licht, so dunkel ist sie. Und eine Koppel bekommt Lavendel wahrscheinlich nie zu sehen. Frau Klamm sagte vorhin, wenn sie Zeit habe, gehe sie sonntags ab und zu mit ihm spazieren. Aber Zeit sei ein Dauerproblem bei ihr.

Langsam ziehe ich meine Hände aus den Jackentaschen und löse die Schnallen von Lavendels Sattelgurt. Erleichtert atmet er durch; er war viel zu eng geschnallt. Ich habe das vorhin schon gesehen, als Frau Klamm ihn festgezurrt hat, aber mit einem Knoten im Bauch meine Klappe gehalten. Es fällt mir genauso schwer, Lavendel jetzt nicht zu berühren, während ich den schweren Ledersattel von seinem Rücken ziehe und den Gurt darüber lege.

Auf beiden Armen schleppe ich ihn Richtung Sattelkammer. Der Schulunterricht ist bereits vorüber oder findet gar nicht mehr statt; außer mir scheint niemand in diesem Teil des Stalls unterwegs zu sein. Doch als ich die Tür zur Kammer öffne, spüre ich, wie mich jemand anstarrt. Ohne darauf zu reagieren, hänge ich den Sattel über seine Halterung und gehe zurück in die Stallgasse. Es sind nicht nur zwei Augen, die mich verfolgen – es sind vier und schon dringt unterdrücktes Tuscheln zu mir herüber. Ja, ihr habt mich hier noch nicht gesehen und ihr werdet es auch nicht mehr.

Erst als ich bei Lavendel stehe und den Strick löse, verstummt das Tuscheln und ich höre, wie die Mädchen sich entfernen. Wortlos führe ich Lavendel in seine frisch ausgemistete Box und hänge ihm den Eimer mit dem Kraftfutter und den zwei Möhren über, die Frau Klamm von zu Hause mitgebracht hat. Ich selbst habe ihm bisher kein einziges Leckerchen gegeben, auch wenn Frau Klamm mich mehrfach dazu aufgefordert hat, um sein Vertrauen zu gewinnen. Lavendel ist ein fremdes Pferd und so werde ich ihn auch behandeln. Fremden Pferden gibt man kein Leckerchen.

Während Lavendel sich über sein Futter hermacht, lehne ich mich an die Heuballen am Ende der Stallgasse und schaue durch das halb aufgeschobene Tor nach draußen. Die zwei Mädchen, die mich eben noch unverhohlen begutachtet haben, laufen über den Hof in Richtung Privatstallungen und reden aufgeregt miteinander, die Köpfe zusammengesteckt. Sie haben sich ausstaffiert, als ginge es zu einem Shooting für einen Reitsportkatalog. Beide tragen mit Strass besetzte Reithosen, karierte Kniestrümpfe in Pastellfarben und teuer wirkende Lederstiefeletten. Alleine für diese Stiefeletten würde ich wahrscheinlich ein Jahr lang sparen müssen.

Das rechte der beiden Mädchen hat lange, gewellte blonde Haare, die bei jedem Schritt mitwippen. Ihre Bewegungen wirken selbstsicher, als wüsste sie ganz genau, dass sie gerade mehrere hundert Euro durch die Gegend trägt. Jetzt zieht sie einen Schlüsselbund aus der Hosentasche, der glitzernd die Abendsonne einfängt. Ich hatte es mir ja gedacht: Der Privatstall ist abgeriegelt. Zutritt nur für höhere Töchter. Jetzt hält sie genau an der Tür an, aus der damals der Mann gekommen war. Ich hatte nur an der Koppel gestanden und ein Pferd angeschaut, hatte es nicht einmal berührt. Alleine, dass ich sein heiliges Terrain betreten hatte, war dem Mann Grund genug gewesen, schreiend seine Hunde auf mich zu hetzen und mich zu verjagen.

Das Klappern des Eimers schreckt mich aus meinen Erinnerungen. Lavendel ist fertig und schlägt ihn rhythmisch gegen die Boxenwand, um meine Aufmerksamkeit zu wecken.

Ich gehe zu ihm, ziehe die Riemen, an denen der Eimer befestigt ist, über seinen großen Kopf und will ihn mir gerade um die Schulter hängen, als etwas Warmes, Feuchtes über meinen nackten Unterarm fährt – Lavendels Zunge.

„Pfui", ermahne ich ihn halbherzig, schaffe es aber nicht, meinen Arm wegzuziehen. Sorgsam beginnt er damit, ihn abzuschlecken, als wäre er eine seltene Köstlichkeit, und nicht ein einziges Mal spüre ich dabei seine Zähne. Stattdessen kitzelt seine Zunge mich und als sie die empfindliche Stelle in meiner Armbeuge erreicht, muss ich sogar lachen. Mein eigener Laut erschreckt mich so sehr, dass ich zusammenzucke und Lavendel von mir ablässt.

Es war ein anderes Lachen als das, was ich von mir kenne. Ich lache eigentlich nur noch bei Sachen, die gar nicht komisch sind. Es ist ein lebloses Lachen, das ich nur im Kopf fühlen kann.

Das hier aber kam aus meinem Bauch und ist über mein Herz direkt in meine Kehle gewandert.

Ich ducke mich unter Lavendels Hals hindurch, schiebe die Boxentür zu und hänge den Eimer an seinen Haken. Mein heutiger Sozialdienst war ein einmaliger Versuch und von Beginn an zum Scheitern verurteilt.

Ich werde nicht zurückkommen.

Andere Jugendstraftäter sammeln Müll auf, sortieren Altkleider oder arbeiten bei der Essensausgabe der Tafel. Ich kenne die Leute dort sogar, von früher.

Da wird noch ein Platz für mich frei sein.

Ich kann hier nicht bleiben.

WÜSTENHAUCH

Noch sechseinhalb Wochen.

Sechseinhalb Wochen, in denen ich das sanfte Wiehern von Lavendel ausblenden muss, mit dem er mich begrüßt, sobald ich die Stallgasse betrete, sechseinhalb Wochen, in denen ich ihn weiterhin nur berühre, wenn es gar nicht anders geht, und sofort verschwinde, sobald ich meine Arbeit erledigt habe. Denn das ist es, worum es hier geht. Meinen Job zu machen.

Steffen hat sich gar nicht erst auf eine Diskussion eingelassen. Manchmal kann er knallhart sein. Sozialstunden seien nichts, was man sich aussuchen könne, und ich hätte schließlich etwas gutzumachen. Da ich keine Lust hatte, mit ihm zu streiten und am Ende doch wieder irgendeine Therapie aufgedonnert zu kriegen, habe ich schließlich klein beigegeben.

Die Menschen im Stall machen es mir leicht, mich nicht länger als dringend notwendig auf dem Gestüt aufzuhalten. Wo ich auch auftauche, streifen mich Blicke – lauernde, misstrauische, kritische, abfällige. Vor allem abfällige. Ich weiß nicht, ob Frau Klamm ihnen erzählt hat, wer ich bin. Frau Klamm ist, wie ich inzwischen festgestellt habe, dauerüberfordert. Sie zerreißt sich zwischen Terminen, ehrenamtlichen Aufgaben und Freizeitstress, ist immer auf dem Sprung und hat nie Zeit. Mir ist das recht, denn so muss ich mich selten länger als zwei Minuten mit ihr unterhalten. Aber unterschwellig bin ich auf der Hut und rechne jeden Moment damit, dass jemand von den Privatstallleuten auf mich zugestürmt kommt und mich vom Hof verjagen will, weil er nicht weiß, dass ich offiziell hier sein darf.

Jetzt aber sieht mich niemand. Mit verdreckten Gummiboots stehe ich in Lavendels Box und miste sie aus, während er den spastisch behinderten Max durch die Halle trägt. Das ist eine Arbeit, die ich sogar mag. Sie fühlt sich ehrlich an und es gibt dabei keine Missverständnisse; ich muss weder schreiben noch rechnen. Schmutzige Einstreu raus, frische Einstreu rein – so einfach ist das. Niemand kontrolliert mich oder schaut mir über die Schulter, und ich bin anschließend angenehm müde. In den vergangenen Nächten habe ich sogar durchgeschlafen. Kein Auf-und-ab-Wandern durch den Flur, keine Fernsehmarathons bis früh in den Morgen.

Noch eine Schubkarre, dann ist es für heute geschafft. Anschließend muss ich nur noch Lavendel absatteln und füttern und dann ... Ich stocke mitten in der Bewegung und richte mich lauschend auf. Ein lautes Knallen ertönt vom Hof, dazu hektische Rufe. Ich lasse die Mistgabel sinken, meine Ohren wachsam gespitzt. Ist das Geräusch das Schlagen von Hufen gegen eine Boxenwand? Oder gegen die Tür eines Pferdeanhängers? Hatte ich nicht gerade erst einen Hänger auf den Hof fahren sehen, als ich auf die winzige, schmutzige Toilette der Schulpferdereiter gegangen bin?

Wieder ertönt das Knallen und dazu ein tiefes, heiseres Wiehern, das mir sofort einen Schauer über den Rücken jagt. Vorsichtig stelle ich die Gabel in die Ecke der Box, zwänge mich an der Schubkarre vorbei und laufe zur hinteren Stalltür, die ich wie immer halb aufgeschoben habe, damit frische Luft in die Stallgasse strömen kann. Im Schatten des Tors linse ich auf den Hof. Ein SUV mit Hänger steht vor den Privatstallungen und zwei Männer lösen gerade die hintere Verriegelung des Hängers und ziehen die Rampe aus. Immer wieder knallen die Hufe des Pferdes gegen die Wände, ein Geräusch, das mir durch Mark und Bein geht. Ein blondes Mädchen versucht, von der vorderen Tür des Hängers aus beruhigend auf das Pferd einzureden. Ich erkenne sie sofort wieder. Sie ist eins der beiden Mädchen, die am ersten Tag über mich getuschelt hatten. Auch heute sieht sie aus wie aus einem Reitmodenkatalog entsprungen. Ein junger Mann kommt dazu, schlank und hochgewachsen, und reicht ihr einen Strick.

„Das kann doch nicht gut gehen …“, stöhne ich leise. Der ganze Hänger erbebt unter den Tritten des Pferdes und sie belagern ihn von allen Seiten, wie Raubtiere, die Beute machen wollen. Hinten die zwei Männer, die nun den letzten Riegel lösen, vorne das Mädchen und der schlanke junge Mann. Ihre Bewegungen wirken angespannt. Das blonde Mädchen verschwindet durch die kleine Seitentür ins Innere des Hängers.

„Hast du ihn?“

„Ja, ich hab ihn am Strick!“ Sie klingt nervös und unsicher.

„Jetzt!“, brüllt einer der Männer und sie klappen die Tür auf. Der Zugang zur Rampe ist frei. Ein Huf saust in die Luft, dann ertönt ein spitzer Schrei und ein pechschwarzes, hochbeiniges Pferd schleift das Mädchen mit schnellen, kleinen Schritten rückwärts aus dem Hänger heraus.

Mit beiden Händen klammert sie sich an den Strick, will den Rappen nicht loslassen, doch ihr Gesicht ist verzerrt vor Angst. Schon rutscht sie bäuchlings vor den wirbelnden Hufen des Pferdes die Rampe hinab.

„Lass los, verdammt“, flüstere ich und nur einen Sekundenbruchteil später ruft der junge Mann: „Loslassen, Isabella!“ Haarscharf verfehlt der linke Vorderhuf des Pferdes ihren Kopf, bevor sie gehorcht, rückwärts krabbelt und von ihrem Helfer in Sicherheit gebracht wird. Der Hänger gerät ins Schwanken, als der Rappe ein letztes Mal buckelt und mit beiden Hinterbeinen von außen gegen die Seitenwand tritt, dann dreht er sich steigend ein Mal um sich selbst und beginnt im ungleichmäßigen Galopp über den Hof zu stürmen.

„Oh Gott, bist du schön ...“, wispere ich überwältigt. Jetzt, wo er losgelassen über den Hof läuft, kommt er mir vor wie eine exotische Geistererscheinung aus einer fernen Welt, ein Sohn der Wüste, frei und stark. Doch die Menschen um ihn herum machen ihm Angst. Seine Nüstern sind so weit gebläht, dass ihr Inneres rosa aufleuchtet, und er trägt seinen Hals beinahe senkrecht. Immer wieder scheuchen sie ihn mit ihren Peitschen und Gerten zurück in die Mitte des Hofes und schreien ihn an, wenn er ihnen bei seinen Fluchtversuchen zu nahe kommt. Er weiß nicht, wohin mit sich. Hat keine Ahnung, wo er ist und was mit ihm geschehen wird ... und es gibt nicht ein einziges Wesen, dem er vertrauen kann.

Wieder wiehert er, mit hoch erhobenem Kopf und blitzenden Augen, und ich höre darin das kleine, zarte

Fohlen, das nach seiner Mutter ruft, einsam und verzweifelt. Für ein paar Sekunden gelingt es dem jungen Typen, nach dem herunterbaumelnden Strick zu greifen, während Isabella weinend Schutz bei einem älteren Mann sucht, doch er hat keine Chance. Er muss loslassen, um sich vor den fliegenden Hufen des Pferdes zu retten – und dieses Mal kann es den Kreis aus Peitschen und Gerten durchbrechen. Im vollen Galopp prescht es auf den Schulstalltrakt zu und an mir vorbei, bevor es am mannshohen Zaun des Gestüts anhalten muss und sich panisch zu den Menschen hinter sich herumdreht. Sogar von hier aus kann ich das Weiße in seinen Augen sehen – und als würden sich unsere Herzen suchend miteinander verbinden, dreht er seinen Kopf in meine Richtung und nimmt schnaubend Witterung auf.

Hier bin ich – und ich werde dich weder schlagen noch in die Ecke treiben. Ich bin einfach nur da. Für immer, wenn du willst.

Wieder dreht er sich suchend zu mir um, obwohl ich mich noch im Schatten der Tür verberge.

Ich weiß, dass ich das nicht darf. Dass es unerwünscht ist. Dass meine Welt sich mit der Welt der anderen nicht zu vermischen hat. Aber das Pferd steht hier, bei mir, und nicht drüben bei den anderen – und das kann kein Zufall sein.

Mit langsamen, ruhigen Schritten trete ich aus dem Dunkel des Toreingangs heraus, meinen Kopf gesenkt, und ohne das Pferd zu beachten. Wenn ich es anschaue, wird es nur glauben, ich sei einer von den anderen und wolle etwas von ihm. Der Atem des Rappen geht pumpend und ich höre, wie sein Schweif hin und her peitscht und seine Hufe nervös über die Pflastersteine scharren. Aber er flieht nicht. Noch bleibt er stehen und schaut zu mir herüber.

Ohne mich ihm zuzuwenden, halte ich in der Mitte des Hofes an, gehe in die Hocke und verharre, meine Blicke ins Nichts gerichtet, die Arme lasse ich hängen.

Die Männer haben aufgehört, zu schreien und ihre Peitschen zu schwingen. Stattdessen macht sich warnendes Gemurmel breit, durch das hell das Schluchzen von Isabella dringt. Jetzt höre ich zudem entschiedene, klackende Schritte in meine Richtung.

„Nein, lass sie, Ewald! Bleib lieber hier, sonst rennt er nur wieder weg." War das die Stimme des jungen Mannes? Die Schritte verstummen, doch das Gemurmel ist noch da und es klingt drohend und unfreundlich.

Ich ignoriere es; tue so, als wäre es still um mich herum, wie in der Wüste, über deren sandige Dünen nur der Wind rauscht, endloser Blick in alle Richtungen. Wieder scharren die Hufe des Rappen über den Boden – dann macht er einen zögernden Schritt auf mich zu.

Zwei. Verharrt. Kommt näher ... Obwohl meine Oberschenkel zu brennen beginnen, rühre ich mich nicht und versuche, tief und gleichmäßig zu atmen. Das Gemurmel wird wieder lauter, nun mischt sich auch Isabellas drängendes, schluchzendes Flüstern darunter. Der Rappe reagiert sofort und zieht sich wieder einen Meter zurück.

„Leise", ertönt die Stimme des jungen Mannes. „Seid doch mal ruhig ..."

„Aber was macht sie denn da! Wer ist das überhaupt?"

„Pscht. Nicht reden!"

Danke, denke ich, denn der Rappe nimmt gerade wieder Witterung zu mir auf, ich höre es an seinem Atemgeräusch. Er zieht Luft durch die Nüstern, als wollte er prüfen, ob er mir trauen kann. Dann nähert er sich erneut; ein vorsichtiges Herantasten, immer fluchtbereit. Die Sonne brennt heiß auf meinen Rücken, mir rinnt der Schweiß über das Brustbein, während der Rappe sich an mich heranwagt. Endlich nimmt er seinen Kopf herunter und seine Nüstern streifen für einen Sekundenbruchteil meine Hand. Sofort weicht er zurück, kommt aber nach wenigen Atemzügen wieder, berührt ein zweites Mal meine Finger. Ich greife nicht nach dem Strick, aber sagen muss ich etwas, er braucht meine Stimme, meinen Klang. Schließlich redet er auch mit mir, auf seine ganz eigene Weise ...

Plötzlich muss ich an das Lachen denken, das Lavendel mir entlockt hat, als er meinen Arm abschleckte. Es hat mich erschreckt, weil es sich so ungewohnt in mir angefühlt hatte. Doch genau diesen Klang braucht der Rappe jetzt. Meine Stimme muss aus meinem Herzen kommen.

„Alles gut", raune ich weich, als er ein drittes Mal meine Hand beschnuppert, nun schon zutraulicher und neugieriger. Der Strick legt sich dabei ganz von selbst über meinen Arm, doch ich warte noch ein paar Sekunden, bis ich ihn so beiläufig wie möglich mit meinen Fingern umfasse. Die Nüstern des Rappen wandern meinen Arm hinauf und wühlen in meinen kurzen Haaren, zartfühlend und verspielt, doch ich kann seine Angst riechen. Sie sitzt tief in seinem Fell, hat sich schon vor Jahren in seine Haut gegraben, als hätte sein bisheriges Leben fast nur aus Panik bestanden.

Mit dem Handrücken, den Strick locker in meinen Fingern, streiche ich leicht über seinen schweißnassen Hals, während ich mich Zentimeter für Zentimeter in die Höhe stemme. Unser beider Atem geht schwer und schnell, als hätten wir zusammen einen kilometerlangen Galopp hinter uns gebracht, doch er zuckt nur kurz und macht einen kleinen Hopser zur Seite, ohne zu versuchen, mir den Strick aus der Hand zu ziehen. Jetzt stehe ich. Noch immer schaue ich ihn nicht an, obwohl ich es so gern tun würde. Er ist mir so nah, aber es wäre zu viel für ihn.

Das Murmeln und Flüstern ist verebbt. Eine fast unheimliche Stille breitet sich aus, während ich mich mit dem Pferd am Strick in Bewegung setze und in kleinen, aber gleichmäßigen Schritten auf Isabella zulaufe, die immer noch neben dem Hänger steht. Der Rappe folgt mir vertrauensvoll, und erst als wir vor Isabella zum Stehen kommen, versucht er, mit der Hinterhand zur Seite auszuweichen, als wolle er erneut vor ihr und ihren Helfern fliehen.

„Dein Pferd, oder?" Ich reiche ihr das Ende des Strickes, ohne sie anzuschauen.

„Ja, genau, das ist *mein* Pferd." Sie klingt verheult und giftig, als hätte ich ihr eine lange ersehnte Party verdorben. Der Rappe reißt den Kopf hoch und tänzelt ein paar Schritte zur Seite.

„Das wird schon, Isa", dröhnt eine Männerstimme neben mir. „Der ist gerade erst gelegt worden und hat noch seine Hengstmanieren drauf. Nichts, was wir nicht mit ein bisschen Training hinbiegen können."

„Ja, Isabella", pflichtet eine Frau ihm bei, als wäre ich gar nicht da. „Ist halt ein Vollblut, die machen ihre Spielchen. Jetzt kommt er in seine Box, kriegt was zu fressen und kann sich abregen."

„Bitte, gern geschehen", sage ich kühl, weil mich

noch immer niemand beachtet oder sich gar bei mir bedankt hat, drehe mich abrupt um und laufe über den Hof zu den Schulstallungen. Es tut mir weh, den Rappen bei Isabella und ihrem Pulk zurückzulassen, und ich komme mir dabei vor, als würde ich ihn verraten. Hinbiegen, Spielchen – mir wird schlecht, wenn ich so was höre. Sobald ich den Schatten des Tores erreicht habe, drehe ich mich noch einmal um und schaue hinüber zum Privattrakt. Ich kann gerade noch sehen, wie das Hinterteil des Pferdes in der großzügigen Stallgasse verschwindet, gefolgt von jenen Menschen, die es zuvor bedrängt und verängstigt haben – und ich weiß jetzt schon, dass sie damit nicht aufhören werden.

Nicht, bis der Rappe so funktioniert, wie sie sich das vorstellen.

Nur eine Gestalt bleibt vor dem Eingang des Privatstalls stehen und dreht sich wie ich um. Es ist der junge, schlanke Mann, der die anderen gebeten hat, ruhig zu sein, nachdem ich mich mitten im Hof auf den Boden gehockt habe. Kurz legt er die Hand vor die Stirn, als wolle er durch das grelle Frühlingssonnenlicht versuchen, mich zu erkennen. Doch ich weiß, dass er mich hier, im Schatten des Tors, nicht sehen kann. Wie Isabella trägt er eine noble Reithose, auf Hochglanz geputzte lederne Reitstiefel, ein kariertes Hemd und eine gesteppte Weste. Seine hellbraunen, weich ins Gesicht fallenden Haare werden vom Aprilwind zerzaust und selbst von hier aus habe ich das Gefühl, dass seine Augen eine Wahrhaftigkeit in sich tragen, die Isabella nicht kennt.

„Pass gut auf ihn auf“, flüstere ich, bevor auch er sich umdreht und die Tür zum Privatstall hinter sich zuschiebt. Laut klackend rastet sie ein.

Ich werde dieses Pferd wahrscheinlich nie wiedersehen. Und ich weiß nicht einmal, wie es heißt.

ALLES AUS

„Lavendel?“ Noch kein einziges Mal habe ich ihn bisher mit seinem Namen angesprochen. Diese Vertraulichkeit wollte ich erst gar nicht herstellen. Doch jetzt schlüpft er über meine Lippen, bevor ich mich dagegen entscheiden kann – fragend und sorgenvoll. Lavendel hat nicht gewiehert, als ich die Stallgasse betreten habe. Seit unserer ersten Begegnung hat er jeden Tag gewiehert, sobald er mich gesehen oder gehört hat. Er hat nicht mich damit gemeint. Er wieherte, weil mein Kommen Abwechslung bedeutete, weil sich endlich etwas tat in seinem öden Leben.

Eine ungute Vorahnung steigt in mir auf. Ist er krank und es hat nur noch niemand gemerkt, weil heute kein Reitunterricht war, und Frau Klamm sich wieder einmal zwischen tausend Terminen verzettelt hat?

„Alles in Ordnung, Opi?“ Noch im Laufen streife ich meinen Rucksack ab und schmeiße ihn in die offene Sattelkammer. Lavendels Kopf lugt nicht wie sonst über die Boxentür, er muss sich hingelegt haben. Das hat er noch nie getan! „Was ist mit ..." Ich stocke und ein eisiges Zittern fährt durch meinen Bauch, als ich vor Lavendels Box stehe. Sie ist leer. Komplett leer. Ohne Einstreu, ohne irgendetwas, was an ein Pferd erinnert – und sie riecht seltsam. Nicht nach Mist und Heu und feuchtem Stroh wie sonst, wenn ich hier ankomme, sondern nach Medizin und ... Blut. Ich kann es sogar sehen. Braunrote, dunkle Tropfen ganz unten an der Bretterwand.

Obwohl meine Ahnung bereits zu einer schrecklichen Gewissheit anwächst, renne ich an den Heuballen vorbei auf den Hof hinaus und rüber zur alten Reithalle, doch auch hier finde ich weder Lavendel noch Frau Klamm. Nur eine zerzauste Katze balanciert mit einem Mäuschen im Maul über die Bande. Als sie mich sieht, springt sie in den Sand hinab und flüchtet maunzend. „Lavendel!" Meine Stimme hört sich rau und tief an. Ihr Klang erinnert mich an das Wiehern des Rappen, den ich nicht wiedergesehen habe. Den ich nie wiedersehen werde. Lavendel etwa auch nicht?

Mein Rücken wird trotz der Kälte in mir klebrig und warm, als ich zurück zum Stalltrakt renne, in der Hoffnung, dass ich mich geirrt habe und vorhin einfach an der falschen Box stand ... Oder der Schmied ist gerade da und behandelt Lavendel in einem anderen Bereich des Gestüts, alles ist möglich, es muss nicht immer so sein, wie ich denke ... Es kann auch mal gut gehen ...

„Lavendel? Frau Klamm?“

„He! Was hast du hier zu suchen?“ Ich reiße beide Arme zurück und verliere beinahe das Gleichgewicht. Wie aus dem Nichts ist der alte Stallknecht im Gang aufgetaucht, der sonst gegen Abend die Boxen der Schulpferde auszumisten beginnt. Beißender Schweißgeruch schlägt mir entgegen, vermischt mit einer Zigaretten- und Schnapsfahne. Strauchelnd suche ich nach Halt. Ich will ihm nicht zu nahe kommen.

„Ich – kümmere mich um Lavendel. – Wo ist er?“

„Der alte Fuchs von der Frau mit den Behinderten?“

„Ja“, entgegne ich beherrscht, obwohl ich ihn am liebsten gegen das Schienbein treten möchte.

„Der ist schon weg. Vorhin abgeholt worden.“

„Abgeholt? Aber von wem denn?“ Hat Frau Klamm ihn verkauft – und wenn ja, wieso weiß ich nichts davon?

„Na, vom Abdecker.“ Der alte Mann schaut mich an, als wäre ich ein dummes, kleines Kind.

„Abdecker?“, höre ich mich dennoch wie ein fernes Echo fragen. Was ist ein Abdecker?

Der Stallknecht lacht gurgelnd auf und angelt nach der Mistgabel. „Abdecker, Mädchen! Der alte Gaul ist nicht mehr!“

Ist nicht mehr. Ist nicht mehr ... das bedeutet, dass ...

„Ja. Gestorben. Heute Nacht, Kolik. Wetterwechsel“, knurrt der Mann und deutet nach oben, als erkläre das alles, und mein Herz will immer noch nicht begreifen, was er meint, obwohl mein Verstand es längst weiß. „Kann passieren bei alten Tieren. Packen die nicht mehr.“ Mit einem grunzenden Geräusch dreht er sich um, zieht die Nase hoch und verschwindet in der nächsten Box. „Ist jetzt vorbei mit den Behinderten und den Pferden hier. Moderner Mist war das. Kannst gehen, Mädchen, wirst nicht mehr gebraucht. Die Frau hat auch schon ihre Sachen geholt.“

Ich kann mich immer noch nicht bewegen, stehe mitten in der Stallgasse, und versuche, wieder so nüchtern und kühl zu werden, wie ich es die ganze Zeit war, wenn ich hier meine Arbeit erledigt habe. Ohne Gefühle, ohne Streicheln und Kraulen, ohne eine Beziehung aufzubauen. Ich hatte mir eingebildet, Lavendel würde mir nichts bedeuten. Aber das war ein Irrtum.

Ein riesengroßer, blöder Irrtum.

„Das zahle ich dir heim ... das wirst du mir büßen!“, flüstere ich frostig und balle meine Fäuste – und meine Starre löst sich auf. Jetzt kann ich mich wieder rühren. Meine alte Wut ist zurück, kalt, verlässlich, stark. Ich tauche tief in sie hinein, spüre nichts, als ich zurück zur WG fahre, selbst der Regen, der auf meinen Rücken prasselt, stört mich nicht. Mit fliegenden Schritten renne ich von der Bushaltestelle bis zum Quellenhof, jage die Treppe hinauf und stürze in Steffens kleines Büro, ohne vorher anzuklopfen.

„Ich hasse dich!“, brülle ich ihn an und trete gegen den Stuhl, auf dem ich sonst immer sitze, wenn wir uns unterhalten, diese verdammten Pflichtgespräche, zu denen wir hier gezwungen werden.

Langsam nimmt er sein Handy vom Ohr und schaltet es aus, ohne sich zu verabschieden, seine dunklen Augen fest auf mich gerichtet.

„Ja, dich, du mieser Arsch! Ich hasse dich, weil du mir das angetan hast ...“

„Was, Roxy? Was hab ich dir angetan?“ Steffen klingt genauso ruhig, wie er wirkt; entspannt, aber wachsam. Auch Moses, der wie immer unter dem Schreibtisch liegt, hat seinen Kopf gehoben und blickt mich aufmerksam an. Es macht mich nur noch zorniger.

„Lavendel ist tot! Er ist heute Nacht gestorben, an einer Kolik, und niemand hat mir etwas gesagt!“, bricht es aus mir heraus und ich trete ein weiteres Mal gegen den Stuhl, weil ich nicht will, dass ich anfange zu heulen. „Ich komme in den Stall und er ist nicht mehr da ... seine Box ist leer ... und so ein asozialer stinkender Stallknecht sagt mir, dass es jetzt kein therapeutisches Reiten mehr gibt und ...“

„Roxy ...“ Steffen steht auf, bleibt aber hinter seinem Schreibtisch. „Hab ich das richtig verstanden, das Therapiepferd ist gestorben?“

„Ja! Und ich hab ihm nie ein Leckerchen gegeben, nicht ein einziges Mal ... damit ich ihn nicht anfange zu mögen und er mich erst recht nicht ... Ich hab ihn nie mit seinem Namen angesprochen, ihn nie gestreichelt und jetzt ... jetzt ... Scheiße ...“ Jetzt wünschte ich, ich hätte es getan. Nur ein Mal. Ein einziges Mal seinen Hals gekrault, seine Nüstern berührt. „Ich wollte da nicht hin, aber du hast mich dazu gezwungen! Du bist schuld!“

„Moment. Setz dich. Roxy! Setzen.“ Steffen bewegt sich um den Tisch herum, nimmt mich resolut an den Schultern und drückt mich sanft auf den Stuhl, den ich eben noch gegen die Wand getreten habe. Fauchend entwinde ich mich aus seinem Griff, doch er lässt seine Linke sacht auf meiner Schulter ruhen, während er nach seinem Handy angelt und eine Nummer wählt. „Ich kläre das. – Frau Klamm? Steffen Escher vom Quellenhof. Ich habe Roxy bei mir und sie ist sehr aufgelöst, weil ... Ja. Ja, genau. Okay ...“ Frau Klamm redet aufgeregt ins Telefon, doch ich verstehe kein Wort. „Ja, das kann ich nachvollziehen, aber ... Nein, Sie hätten es ihr mitteilen müssen. Sie war schließlich Ihr Schützling. – Na gut. Ja. Ja, das ist schwierig, aber ... Verstehe. Dann reden wir ein anderes Mal. Ich melde mich bei Ihnen. Ciao!" Leise fluchend wirft Steffen das Handy zurück auf den Schreibtisch, wo es schlitternd gegen seine Kaffeetasse rutscht. „Mann, das darf echt nicht wahr sein. Kacke!" Er nimmt die Hand von meiner Schulter und schiebt sich zwischen mich und den Tisch. Noch immer sind meine Fäuste geballt.

„Ich hasse dich dafür", sage ich ein drittes Mal, doch meine Stimme hat keinen Ton mehr. Etwas tut so weh in meiner Kehle, dass ich nicht mehr laut sprechen kann. „Ich hätte niemals dort hingehen dürfen ..."

Kopfschüttelnd und mit geschlossenen Lidern atmet Steffen durch. „Es ist leider wahr, Roxy. Mit dem Tod des Pferdes ist der Verein am Ende. Frau Klamm hat weder das Geld für ein neues Therapiepferd, noch kann sie sich die Mieten im Gestüt dauerhaft leisten. Das war ja der Grund, weshalb sie das Modell mit den Sozialstunden integriert hatte. Aber jetzt ..."

„Ist doch klasse. Dann sind endlich nur noch gut aussehende, gesunde und reiche Leute auf dem Hof, oder?" Ich erschauere vor meiner eigenen Stimme. Nun hat sie wieder einen Ton – und er klingt, als bestünde meine Kehle aus Rost. „Und solcher Abschaum wie ich und die behinderten Kinder sind weg. Ein echter Gewinn."

Steffen widerspricht nicht. „Du hast ihn gemocht, oder? Den Lavendel?"

Ich antworte nicht. Ich kann nicht. Die ganze Zeit war ich mir sicher gewesen, nichts für ihn zu empfinden. Aber selbst wenn – was würde das bringen, solange ich jede Nacht von dem schwarzen Rappen träume und mich beim Aufwachen frage, wie es ihm wohl geht? Ich darf einfach nie wieder Kontakt mit Pferden haben. Nie wieder. Sie müssen ein für alle Mal aus meiner Welt verschwinden.

„Hey, Fledermaus." Steffen geht in die Knie, um mir ins Gesicht schauen zu können, doch ich drehe mich weg. „Ich will dir nichts vormachen, den Rest der Sozialstunden wirst du woanders erledigen müssen. Aber das bedeutet doch nicht, dass du nie wieder mit Pferden zu tun haben wirst. Oder nie reiten lernen kannst. Vielleicht hast du sogar irgendwann ein eigenes Pferd, später, das ist alles möglich ..."

„Erzähl mir doch keinen Scheiß!", unterbreche ich ihn höhnisch. „Wie soll das denn gehen? So ein Pferd ist teuer, vor allem die Stallmiete, hier in der Stadt sowieso, und außerdem werde ich bestimmt nie viel Geld haben, weil ich nie einen guten Job bekommen werde ... Ich hab eine Lese-Rechtschreib-Schwäche, hast du das vergessen? Ich kann nicht mal einen einzigen fehlerfreien Satz schreiben und brauche Ewigkeiten, um einen kurzen Text zu lesen!"

„Doch, das mit dem Reiten ist möglich, Roxy. Wenn

du es wirklich willst, dann tun sich irgendwann Wege auf und ..."

„Vergiss es", falle ich erneut dazwischen und stehe auf. „Denn ich will das alles gar nicht mehr. Ich wollte schon nicht, als du mich dahin geschickt hast, weil ich genau wusste, wie es ausgeht. Das Thema Pferde ist vorbei, für immer."

„Hm." Steffen überlegt einen Moment, die Arme verschränkt. Als er weiterspricht, klingt seine Stimme sanfter. „Wir können auch noch einmal versuchen, eine Familie für dich zu finden, wenn du magst. Es ist nicht aussichtslos. Auch in deinem Alter ..."

„Nein." Mein Nein klingt dunkel und endgültig – und das ist es auch. „Kein neuer Versuch. Die ersten beiden haben mir dicke gereicht. Ich brauche keine Familie. Lasst mich einfach in Ruhe. Okay? Lasst mich in Ruhe mit euren Gesprächen und Therapien, euren nervigen WG-Pizza-Abenden, eurem Gelaber, dass alles gut werden kann, wenn ich es nur will. Ich will es nicht. Kapiert? So hab ich wenigstens nix zu verlieren."

Ohne seine Reaktion abzuwarten, stehe ich auf und laufe über den langen, engen Flur zu meinem Zimmer. Larissa und Clemens sitzen schon in der Küche am runden Tisch, sie warten auf die Betreuer, für den wöchentlichen Pizza-Abend samt dämlicher Gesprächsrunde mit „wir haben uns doch alle so lieb"-Beschwörungen. Larissa kotzt die Pizza später ja doch wieder ins Klo, weil sie Panik hat, man könnte sonst irgendwann ihre Rippen nicht mehr sehen, und Clemens wird sein Stück wieder nur sinnlos sezieren, bis es ungenießbar ist, weil er vor lauter Angeberei zu essen vergisst. Mag sein, dass die beiden trotzdem an dieses ganze Selbstfindungs-Scheiß-Gelaber von Diana glauben, was einem am Ende doch nichts nützt.

Lavendel ist tot. Daran können auch mit Glitzer verzierte positive Glaubenssätze oder gemeinsame Fantasiereisen bei Kitschmusik und Kerzenschein nichts ändern. Dieses Pferd wird nie wieder atmen.

„Roxy, willst du nicht ...?"

„Nein!", brülle ich und schlage meine Tür zu. In meinen Stall-Klamotten lasse ich mich auf das Bett fallen und vergrabe meinen Kopf tief in meinem Kissen. Wieder einmal ist alles kaputtgegangen. So schnell und ohne Vorwarnung wie noch nie. Ich hatte nicht die geringste Chance, mich darauf vorzubereiten. Sonst mache ich alles kaputt, bevor es schön werden kann. Dieses Mal war es umgekehrt. Es ist schön geworden, bevor ich es zerstören konnte.

Draußen fangen Steffen und Diana an, miteinander zu diskutieren, ihr ewiger Montags-Disput. Diana will, dass ich zu den anderen an den Tisch komme und mit ihnen esse. Steffen meint hingegen, dass niemand zu etwas gezwungen werden sollte. Ich sei eben einfach noch nicht so weit und bräuchte noch Zeit.

Du irrst dich, Steffen. Ich werde niemals so weit sein.

Jetzt klopft auch noch einer von ihnen an meine Tür. Ich reagiere nicht. Sie sollen mich endlich in Frieden lassen!

„Entschuldige, Roxy. Kann ich reinkommen?" Es dauert, bis Steffen die Klinke herunterdrückt und sich ins Zimmer schiebt. Er weiß, dass er jederzeit reinkommen kann. Unsere Türen haben keine Schlüssel und wir haben keine Rechte. Aber immerhin wartet er, auch wenn ich nicht antworte. „Das Gestüt hat eben angerufen. Du hast deinen Rucksack im Stall liegen gelassen und – na ja, sie wollen, dass du deinen Schlüssel für die Sattelkammer abgibst. Den hast du wohl noch bei dir."

Ja, habe ich. Und da ich bekanntlich vorbestraft bin, könnte ich ja nachts sämtliche Pferde rausholen und an Zigeuner verkaufen, jetzt, wo ich nicht mehr im Gestüt arbeite.

„Du kannst den Rucksack bis 20 Uhr abholen, sie haben ihn in den Flur vor die Reiterschänke gehängt. Dort sollst du auch den Schlüssel abgeben. Ich würde dich auch hinfahren, aber ..." Seufzend deutet Steffen hinter sich. Das Pizza-Sozialarbeiter-Kränzchen wartet. „Es tut mir wirklich leid für dich."

„Das ändert nichts", erwidere ich tonlos.

„Also – fährst du gleich hin?"

Einen Augenblick lang vergesse ich meine Wut und meinen Hass. Habe ich Steffens Frage richtig verstanden – er will mich alleine mit dem Bus zum Stall fahren lassen, um diese Zeit? Während die anderen beiden mit ihm und Diana in der Küche sitzen und versuchen, sich selbst zu finden? Normalerweise darf ich die WG nach 17 Uhr nicht mehr verlassen und wenn, dann nur in Begleitung. Oder eben zu meinen Sozialstunden, abgestempelt von Frau Klamm. Die es nun in meinem Leben nicht mehr gibt.

„Ja", antworte ich rasch, bevor er es sich anders überlegt. „Ja, ich fahre gleich hin. Kein Problem."

„Gut. Ich stelle dir ein Stück Pizza in den Kühlschrank. Bis später."

Ich habe dieses Stück Pizza noch nie gegessen. Es ist jeden Montagabend da, auf einem weißen, runden Teller und sorgsam abgedeckt mit durchsichtiger Frischhaltefolie und wartet auf mich, aber kein einziges Mal habe ich es angerührt.

Obwohl ich es nicht verstehe und der Zorn meinen Magen zusammenschnürt, habe ich das Gefühl, dass es heute Abend anders sein wird.

Ich weiß nur noch nicht, warum.

Abschiedsvorstellung

„Bitte nicht stören. Vorstandssitzung."

Keine Bange, ich störe euch bestimmt nicht, denke ich grimmig, nachdem ich den handgeschriebenen Zettel endlich entziffert habe. Lautes Lachen tönt durch die geschlossene Tür. Dann erhebt sich wieder die forsche, dröhnende Männerstimme, die ich eben schon sprechen gehört habe. Der schwarze, schlanke Hund, der wie ein Wächter vor der Tür zur Schänke liegt, knurrt warnend, als ich mich bücke, um meinen Rucksack vom Boden aufzulesen. Von wegen, er hängt im Flur. Er liegt zwischen zwei leeren Bierkisten und einem verschlammten Paar Gummistiefel.

Die gusseiserne Garderobe ist für die teuren Sachen reserviert. Daunen-Steppjacken, dunkle Wollmäntel, Blousons und Reitwesten, die nicht nach Pferd, sondern unzähligen Parfums riechen – und einige von ihnen auch nach Tabak. Rechts neben der Tür, hinter der gerade wieder Lachen laut wird, steht eine kleine, dunkle Kommode. Ich ziehe meinen Schlüssel aus der Hosentasche und lege ihn lautlos darauf ab. Rein in die gute Stube darf ich ja nicht – und ich bin froh darum.

Wieder dringt ein grollendes, leises Knurren aus der Kehle des schwarzen Hundes, obwohl ich mich bereits rückwärts zur Außentür bewege, um hinauszugehen. Ein böiger Wind fährt in meine Kniekehlen, doch der Regen hat aufgehört. Ich ziehe den Rucksack, der vertraut nach Heu und Pferdefell riecht, auf meine linke Schulter und drehe mich erst wieder um, als ich die Pflastersteine des Hofs unter meinen Füßen spüre.

Auch jetzt ist kein Mensch zu sehen. „Montag Ruhetag" steht auf dem Schild am Tor zur Reithalle und darüber entziffere ich mühsam: „Betreten für Unbefugte streng verboten. Hochwertige Sportpferde."

Das „Nicht-stören"-Schild an der Schänke hat mich kaltgelassen. Doch Verbotsschilder haben noch immer eine fast magische Wirkung auf mich – und erst recht dieses, denn in der Halle brennt Licht, ich kann es deutlich durch die Fenster sehen. Entweder jemand hat vergessen, nach dem Reiten die Lampen auszuschalten, oder es gibt noch einen anderen Menschen auf diesem Hof, der sich seine eigenen Regeln schreibt.

Ich habe nichts zu verlieren, schießt es mir durch den Kopf. Meinen Schlüssel habe ich gerade abgegeben, mein Dienst auf dem Kastanien-Hof ist offiziell beendet. Und niemand muss davon erfahren, dass ich einen Blick in die große Reithalle werfe, um zu schauen, warum dort Licht brennt ...

Noch einmal lasse ich meine Augen über den Hof schweifen. Schon vorhin sind mir die vielen Autos aufgefallen, die neben der Schänke parken, ein protziger SUV neben dem anderen, dazwischen ein paar hochmotorisierte Sportwagen; die meisten mit Pferdeaufklebern auf dem Heck. Auch Sylt-Aufkleber sind dabei, wie die Wappen eines Elite-Clubs.

Die sitzen jetzt alle da drinnen in der Schänke und machen sich bei ihrer Vereinssitzung wichtig. Keinen interessiert, was hier draußen vor sich geht.

Neben der Reithalle liegt wie immer der Hofhund in einem Zwinger an der Kette und döst, den Kopf auf den Pfoten abgelegt. In den ersten Tagen, in denen ich Frau Klamm geholfen habe, hat er jedes Mal gebellt, wenn ich über den Hof zu den Schulstallungen gelaufen bin. Doch danach hat er sich an mich gewöhnt. Ob er auch dann ruhig bleibt, wenn ich an ihm vorbei in die Halle gehe – genau in die andere Richtung als sonst?

Betont entspannt laufe ich zum Eingang der Halle und ignoriere den Hund, der seinen Kopf hebt, als ich in seine Nähe komme, und mich aufmerksam mit seinen Blicken verfolgt. Er schlägt nicht an, sondern stößt ein kurzes, fragendes Fiepsen aus, das beinahe so klingt, als wünschte er, dass ich zu ihm komme. Die Tür zur Reithalle ist locker angelehnt, lediglich durch einen eckigen Holzklotz blockiert. Ich muss sie einfach nur aufdrücken und durchschlüpfen. Lautlos lasse ich sie wieder gegen den Klotz am Boden gleiten und husche geduckt zur Bande, wo ich mich hinter einem mächtigen Trägerbalken verberge.

Hier hat niemand vergessen, das Licht zu löschen. Es ist ein Reiter im Viereck und offenbar schert er sich keinen Deut um den Ruhetag – und auch die Sitzung in der Schänke scheint ihn nicht zu kümmern. Der kurze Moment, in dem ich einen Blick auf ihn erhaschen konnte, hat ausgereicht, um zu erkennen, dass sein Pferd nicht der schwarze Wallach ist, von dem ich jede Nacht träume. Es ist ein Schimmel, kein Rappe; Irrtum ausgeschlossen. Trotzdem gehe ich nicht zurück nach draußen, sondern bleibe mit dem Rücken zum Balken stehen und lausche. Der Atem des Pferdes geht prustend und vermischt sich mit der Musik, die aus der kleinen Anlage direkt über meinem Kopf schallt, gedämpft und plätschernd; ein völlig anderer Geräuschteppich als der, der eben noch aus der Schänke gedrungen ist. Die Huftritte des Pferdes sind auf dem weichen Sand kaum zu hören, doch ich spüre ihren Rhythmus in meinem Bauch, als würde er zu meinem eigenen Organismus gehören.

„Hey! – Machst du mal lauter?“

„Was?“ Ich richte mich auf, trete aus dem Schatten des Balkens heraus und beuge mich über die Bande, als wäre es das Normalste der Welt, dass ich am heiligen Ruhetag unbefugt in der Halle des Leistungszentrums Kastanien-Hof stehe. Jetzt erkenne ich auch den Reiter wieder – er ist der junge Mann, der mir hinterhergeschaut hat, nachdem ich den Rappen zu Isabella geführt habe. Mit ihm habe ich nicht gerechnet. Er passt doch wunderbar zu den SUVs und den Steppjacken. Müsste er nicht bei ihnen in der Schänke sitzen?

„Die Musik. Kannst du lauter stellen, bitte? Jakob mag den Song.“

Mit Jakob meint er wohl den Apfelschimmel, den er gerade durch die Halle traben lässt, in weit ausgreifenden, rhythmischen Schritten, und der dabei mächtig ins Schnaufen gerät. Auch dem Reiter ist warm geworden. Seine Weste liegt bereits auf der Bande und sein Gesicht hat Farbe bekommen. Seine Reitkappe hat er ebenfalls ausgezogen – oder vielleicht gar nicht erst angezogen.

Testweise drehe ich an ein paar Knöpfen, bis ich den Lautstärke-Regler gefunden habe. Aha. Das Pferd mag also diesen Song. Das Pferd oder sein Besitzer? Unwillkürlich muss ich grinsen. Schräger Geschmack, ob Pferd oder Reiter. Erst kürzlich habe ich das Video des

Songs während einer nächtlichen Schlaflos-Phase auf Vevo gesehen und fand es ziemlich albern – lauter nackte Menschen, die zusammen auf dem Boden hocken und beim Singen so beseelt vor sich hinlächeln, wie Diana es gerne bei unseren Gesprächsrunden tut. Als wäre die Welt ein besserer Ort, wenn wir den ganzen Tag grinsen. Aber jetzt passt der Song irgendwie. Er passt zu der riesigen, schwach beleuchteten Halle, den schwebenden Schritten des Pferdes, und er passt zu seinem Reiter, der wie angegossen im Sattel sitzt und dessen Beine sich ruhig und weich an den Pferdebauch schmiegen, während er Jakob vom Trab in den Galopp springen lässt.

„Let's come together ... right now ... oh yeah ... in sweet harmony ...“

Ja, die beiden sind ein harmonisches Paar, als würden sie sich schon lange kennen und als bräuchten sie keine Worte mehr, um sich zu verständigen. Mich haben sie längst wieder vergessen – und das ist mir nur recht. Wenn sie mich nicht beachten, schmeißen sie mich auch nicht raus. Mit den Armen auf der Bande schaue ich ihnen zu und frage mich einmal mehr, warum der junge Mann nicht bei den anderen ist. Denn das Pferd, das er reitet, muss eines der hochwertigen Sportpferde sein, vor denen hier überall gewarnt wird, und er ein Profi-Reiter. Jakob sieht aus wie ein Pferd aus den großen Turnier-Veranstaltungen, bei denen ich nachts während meiner schlaflosen Fernsehmarathons gestrandet bin. Sie anzuschauen, machte mich neugierig und traurig zugleich, weil die Pferde oft so festgezurrt und angstvoll aussehen und ich es nicht mag, wenn sie sich nicht frei bewegen können. Doch Jakob wirkt nicht gestresst, eher freudig.

Jetzt vollführt er sogar gesprungene Galoppwechsel im Rhythmus der Musik, ja, ich erkenne sie genau wieder, das ist hohe Dressurschule, vier links, vier rechts, vier links, vier rechts ... Noch nie habe ich so etwas in echt erlebt; ich bin wie hypnotisiert und achte auf jede Kleinigkeit. Die Galoppwechsel geschehen ganz selbstverständlich, scheinbar ohne Anstrengung, und mit einem Mal lässt der Reiter dem Schimmel mehr Zügel, ohne dass dieser seinen Schwung verliert. Er lächelt verstohlen dabei, als würde er etwas tun, was in dieser Halle eigentlich nicht erlaubt ist. Dabei sehen die beiden in ihrer plötzlichen Lässigkeit viel schöner zusammen aus. Losgelöster. Freier. Ich fange gerade an, den Song zu mögen, als ihn ein schrilles Piepsen übertönt und der Reiter aus dem Takt gerät – und mit ihm das Pferd.

„Leiser!", ruft er zu mir rüber, aber ich tue so, als hätte ich ihn nicht gehört. Befehle kann er sich ins Haar schmieren.

„Bitte“, setzt er hinterher. Na also, geht doch. Ich drehe den Regler wieder herunter und er bringt Jakob mit einem leisen Summen dazu, in den Schritt überzugehen, um sein Handy aus der Hemdtasche zu ziehen und ans Ohr zu nehmen.

„Ja? Nein, ich bin gerade in der Halle ... Ja, ich weiß, aber ... Ja. Klar nehme ich teil, nur ich kann jetzt nicht – okay, Papa. Nein, ich reite Jakob. – Na, weil er auch noch Bewegung braucht und ... Quatsch, ich nehme das schon wichtig und ... Ist gut, ich bin in zehn Minuten bei euch.“ Mit einem kapitulierenden Seufzen lässt er das Handy zurück in die Brusttasche gleiten.

„Shit“, flucht er leise. Nun hat Jakob seinen Hals lang gedehnt und sieht dabei sehr zufrieden aus.

„Hey, du ... Kommst du mal?“

Er meint mich. Sonst ist ja niemand in der Halle und ich glaube nicht, dass er mit der getigerten Katze spricht, die im hinteren Eck königlich auf einem Querbalken thront und das Geschehen mit neugierigem Blick beobachtet. Trotzdem zögere ich, die Bandentür aufzudrücken.

„Komm ruhig rein.“ Der Reiter winkt mich zu sich. Im Inneren der Halle ist es deutlich wärmer als hinter der Bande und ich mag das weiche Gefühl des Hallenbodens unter meinen Füßen.

„Roxy“, sage ich knapp, weil ich keine Lust habe, ein

weiteres Mal mit „Hey, du“ angesprochen zu werden. „Ich bin Roxy.“

„Roxy?“ In einer geschmeidigen Bewegung gleitet der Typ vom Pferd, streift ihm die Zügel über den Hals und mustert mich, wobei sich sein linker Mundwinkel sanft kräuselt. Nein, der fährt noch keinen SUV. Er ist jünger, als ich dachte. Maximal achtzehn, wahrscheinlich erst siebzehn. „Also Roxanne?“, fragt er forschend nach. Klar, hier hat man nur richtige, vornehme Namen, alles andere ist verdächtig.

„Keine Ahnung.“

„Keine Ahnung?“ Das Grübchen in seinem Mundwinkel vertieft sich. „Wie kann das denn sein?“

„Keine Geburtsurkunde. Bin in einem Wohnwagen zur Welt gekommen und hatte keinen Ausweis, bis ich fünf war.“

Scheiße, warum erzähle ich ihm das? Meine Vergangenheit geht den doch gar nichts an.

„Okay …“ Jetzt weiß er nicht mehr, was er sagen soll. Neugierig macht Jakob einen Schritt nach vorne und reckt seinen Hals; er will an meinen Händen schnüffeln. Beiläufig strecke ich ihm meine Linke hin.

„Erfahre ich denn auch deinen?“

„Was meinen?“, fragt der Reiter irritiert. Eine zarte Röte kriecht seinen Nacken hinauf. Irgendetwas an mir verwirrt ihn.

„Deinen Namen", helfe ich ihm auf die Sprünge, während Jakob lautstark gegen meine Hand atmet. „Kurzform reicht."

„Nolan", antwortet er abwesend, seine Blicke auf meine Hand und Jakobs Nüstern geheftet. „Du ... du hilfst Frau Klamm beim therapeutischen Reiten, oder?" Er weiß es noch nicht. Er weiß noch nicht, dass Lavendel tot ist und das heilpädagogische Reiten Geschichte ist! Aber wie kann das sein? Er gehört offensichtlich zu den wichtigen Mitgliedern dieses Stalls, anders kann ich das Telefongespräch eben nicht deuten. Die wollen unbedingt, dass er zu ihnen in die Schänke kommt, und zwar am besten gleich – und sein Vater persönlich hat ihn angerufen. Also auch noch familiäre Verstrickungen. „Ja", antworte ich dennoch geistesgegenwärtig. „Ich helfe Frau Klamm."

Nolan wirft einen gehetzten Blick auf seine blitzende Armbanduhr, die etwas zu groß für seine schmalen Handgelenke ist. „Hast du noch einen Moment Zeit? Ich muss rüber zur Sitzung und ..." Er schaut sich nach allen Seiten um, als wollte er ausschließen, dass wir beobachtet werden. „Sorry. Kannst du Jakob zehn Minuten im Schritt durch die Halle führen und ihn dann zu seiner Box bringen? Sein Name steht an der Tür, er hat seine Box neben meinen anderen Pferden. Ich bin in zwanzig Minuten dort. Hier ist der Schlüssel."

Mit der Linken kramt er einen kleinen Schlüsselbund mit Mini-Hufeisen aus seiner Hosentasche und hält ihn vor meine Nase. Mechanisch ergreife ich ihn und schiebe ihn in meine Jacke, als hätte ich schon unzählige Male derlei Schlüssel entgegengenommen und fremde Pferde versorgt. Dabei kann ich nicht glauben, was hier geschieht. Nolan vertraut mir sein Pferd an, das im Hochsicherheitstrakt des Gestüts steht! Er ist im Stress, eigentlich sollte er jetzt nicht reiten oder zumindest längst fertig sein – und das ist meine Chance. Vor allem aber hat er keine Ahnung, wen er hier vor sich hat. Niemals würde er mir sein Pferd überlassen, wenn er es wüsste. Zudem glaubt er, dass ich mich mit Pferden auskenne. Wahrscheinlich weiß er nicht, dass meine „Hilfe" abgeleistete Sozialstunden waren. Aber das muss er auch nicht wissen. Mit einer entschlossenen Bewegung übernehme ich die Zügel.

„Ja, klar, kein Problem."

„Danke. Das Halfter hängt an der Box und die Abschwitzdecke über der Tür." Schon läuft Nolan zum Hallenausgang. Seine Haare wippen im Takt seiner Schritte wie Jakobs dunkelgraue Mähne im Galopp. Dann ist er weg. Jakob und ich sind alleine.

Schwer atmend steht er neben mir und beäugt mich fragend.

„Na, dann los, du teures Sportpferd", fordere ich ihn

gedämpft auf, mache einen Schritt nach vorne und sofort setzt er sich in Bewegung. Ihn zu führen, ist ein ganz anderes Gefühl als bei dem Rappen – und auch als bei Lavendel. Wie Lavendel ist Jakob brav und routiniert, aber irgendetwas will er von mir. Immer wieder bleibt er stehen und zieht probeweise an den Zügeln oder macht eine Bewegung mit dem Rücken, als wollte er sich den Sattel abschütteln.

„Sattelgurt lockern? Ist es das, was du möchtest?" Machen Reiter das nicht nach dem Absitzen? Doch, meistens wird direkt nach dem Verlassen des Vierecks der Gurt gelockert, daran erinnere ich mich. Die Strippen sind butterweich und der Gurt hochelastisch, nicht zu vergleichen mit Lavendels sprödem Therapiesattel. Aber nein, das reicht Jakob nicht. Der will den Sattel komplett loswerden – und aus irgendeinem Grund findet er, dass ich der richtige Mensch bin, seinem Wunsch zu entsprechen. Genau genommen stimmt das sogar. Das hier ist eine „Einmal und nie wieder"-Situation. Ich kann sie ruhigen Gewissens verbocken.

Mit beiden Händen greife ich nach dem Sattel und ziehe ihn von seinem verschwitzten Rücken. Aber wohin jetzt damit? Auf die Bande? Ja, das müsste funktionieren. Ich schiebe ihn auf meinen rechten Arm und halte mit der linken Hand die Zügel fest, während ich zur Bande laufe und den Sattel darüber wuchte. Jakob wirkt begeistert – und sobald ich mich zu ihm umdrehe, knickt er mit den Vorderbeinen ein und schmeißt sich in den Sand, um sich genüsslich zu wälzen.

„So war das nicht gedacht ...“, murmele ich – doch nun ist es zu spät. Jakob nutzt die Gelegenheit in vollen Zügen aus. Drei Mal wälzt er sich an verschiedenen Stellen, wirft dabei die Beine in die Luft und prustet voller Inbrunst. Danach ist sein Fell sandig, aber weitgehend trocken, und ich habe ein Problem. Ich muss den Sattel wieder auf seinen Rücken legen, bevor ich ihn in die Box bringe, und er wird dabei schmutzig werden, denn das unter ihm befestigte Pad ist schweißnass. Doch eine andere Wahl habe ich nicht. Ich will weder das Pferd noch den Sattel alleine lassen. Also wische ich Jakobs Rücken notdürftig mit den Händen sauber, bevor ich den Sattel auflege und ihn locker festgurte. Ich führe das Pferd noch zwei Runden durch die Halle und mache mich dann mit ihm auf den Weg zum verbotenen Terrain – den Privatstallungen.

Auf den wenigen Metern dorthin kommt es mir vor, als würde ich unzählige unsichtbare Grenzen überschreiten, und das Schloss ist so widerspenstig, als hätte es beschlossen, jemanden wie mich auf keinen Fall über die Schwelle zu lassen. Doch nach dem dritten Versuch gibt es endlich nach. Fast wie von selbst gleitet das Tor zur Seite. Geduldig wartet Jakob, bis ich den

Lichtschalter gefunden habe, denn inzwischen ist es stockdunkel geworden. Klickend springen die Lampen an.

In der Stallgasse umfängt mich sofort das beruhigende Geräusch von malmenden Pferdemäulern. Einige der Pferde dösen im Stehen vor sich hin, andere sind noch mit ihrem Heu beschäftigt. Es riecht nach Lederfett, ätherischen Ölen und Kräutern, und an der Decke hängen zwei große Trichter, in denen sich die Fliegen verfangen sollen. Selbst die will man hier nicht haben. Der Boden der Stallgasse ist so sauber, dass ich, ohne zu zögern, davon essen würde.

Ich muss Jakobs Box nicht suchen – er führt mich selbst dorthin und bleibt artig vor der offenen Tür stehen, damit ich ihm die Trense ausziehen, das Halfter anlegen und ihn festbinden kann. Plötzlich fühle ich mich ebenso gestresst und unter Zeitdruck, wie Nolan vorhin auf mich gewirkt hat. In diesen Stallungen muss auch der Rappe von Isabella stehen! Ich darf jetzt keine Zeit verlieren, ich will ihn noch sehen, ohne Nolan, aber das kann ich erst, wenn Jakob in seiner Box und der Sattel in der Kammer sind ...

Rasch, aber ohne Hektik nehme ich den Sattel wieder von seinem Rücken, trage ihn in die klimatisierte Hochglanz-Sattelkammer, hänge die Trense an den Haken und klopfe eilig den Hallenstaub von Jakobs Pad.

Ganz bekomme ich es auf die Schnelle nicht sauber, aber das ist nicht wichtig, ich werde sowieso nicht wieder zurückkommen. Wahrscheinlich hat Nolan inzwischen längst erfahren, wem er sein Pferd versehentlich überlassen hat, und wird mir Jakob gleich aus der Hand reißen, wenn ich ... Nein, das muss er gar nicht. Er steht bereits neben ihm – und fährt prüfend mit den Fingern über sein sandiges Fell.

„Soso." Mit einem unlesbaren Lächeln dreht er sich zu mir um. „Ich kann mich gar nicht daran erinnern, dass er sich auch wälzen sollte."

Nein, der hat immer noch keine Ahnung, wer ich bin. Vorteil für mich. Ich zucke nur mit den Schultern. „Hat ihm halt gutgetan."

Jakob schnaubt bekräftigend, und Nolan muss lachen; ein weiches, dunkles Geräusch, das in ein unterdrücktes Gähnen übergeht. „Schon gut, Dicker." Sanft klopft er Jakobs Hals. „Dann ab ins Bett mit dir." Er muss ihm nur das Halfter abnehmen und Jakob marschiert in die Box, als hätte Nolan einen Knopf an einer Maschine gedrückt.

„Wo ist ..." Ich zögere. Doch. Ich muss ihn das fragen. „Wo ist das neue Pferd? Der schwarze Wallach? Geht es ihm gut?"

Nolans Lächeln verschwindet, doch noch immer schaut er mich nicht feindlich an, nur etwas müde und zerstreut, als hätte er viel im Kopf, über das er nachdenken muss. „Saphir?“

Saphir ... Eine Gänsehaut ergreift mich, die so stark ist, dass ich kurz zittere. Saphir, ja, das muss er sein. Das ist sein Name. Befangen nicke ich. Nolans Augen mustern mich prüfend. Sie sind fast schwarz und kommen mir plötzlich größer vor als noch eben in der Halle. Ihr Glanz wirkt matt im Dämmerlicht des Stalles. Sein Blick hat eine Eindringlichkeit, die mich unruhig macht. Bekommt er gerade Zweifel an mir? Ahnt er, dass er sich geirrt hat und ich eigentlich gar nicht hier sein darf?

„Ja, Saphir.“ Wieder richten sich die Haare auf meinen Armen auf.

„Hm.“ Nolan zögert. „Der steht dahinten und ... eigentlich darfst du nicht zu ihm.“

„Warum?“ Ich stelle mich unschuldig.

„Weil nur Besitzer der Pferde diesen Stall betreten dürfen. Oder Personal. Also, Personal von ... von ... äh ...“

„Verstehe“, bereite ich seinem Gestotter ein Ende, bevor es peinlich wird. Ich hab mir schon gedacht, dass hier nicht der gleiche Stallbursche arbeitet, der drüben bei den Schulpferden ausmistet. „Aber ich habe dir einen Gefallen getan, oder? Dafür war ich gut genug. Ich möchte ihn nur kurz sehen, bitte.“

Nolan stöhnt gedämpft und reibt sich seine Augen.

Keine Ahnung, was er die vergangenen Tage getan hat, aber es muss anstrengend gewesen sein. „Eigentlich will ich nur noch ins Bett."

„Zwei Minuten. Bitte." Mein „Bitte" fühlt sich an wie ein unterdrücktes Würgen. Lass mich nicht in deinen Arsch kriechen, Nolan. Für so was bin ich völlig ungeeignet.

„Okay, ausnahmsweise." Ich hab Glück, er ist zu k. o., um zu diskutieren. Schlurfend geht er mir voraus zur vorletzten Box im linken Trakt der Stallungen. „Halt lieber Abstand. Er hat sich noch nicht eingewöhnt und er ..." Nolan verstummt überrumpelt, denn ich habe mich schon an ihm vorbeigedrückt, um durch die Gitterstäbe zu schauen – und es fühlt sich an, als hätte mir eine riesige Faust mitten in den Bauch geboxt.

Mein Seufzen klingt gequält und fassungslos. „Was habt ihr mit ihm gemacht?"

Saphir steht steif in seiner Box, mit hängendem Kopf, das Fell ist struppig und stumpf. Seine Augen blicken ins Leere, er scheint mich nicht einmal wahrzunehmen. Langsam und ungleichmäßig wandert sein Atem durch seinen Körper.

„Sag schon!?" Es fällt mir schwer, leise zu bleiben. Ich will die Pferde nicht aufschrecken, aber ich spüre wieder eine solch mächtige Wut in mir aufkochen, dass ich kaum Luft holen kann. „Was habt ihr getan?"

„Gar nichts, Roxy."

„Gar nichts? Ich erkenne ihn nicht wieder!"

„Er bekommt im Moment ein paar Beruhigungsmittel, das ist ganz normal. Er ist ja neu hier."

„Beruhigungsmittel." Ich schnaube verächtlich durch die Nase. „Der ist nicht ruhiggestellt, der ist total apathisch und er sieht krank aus!"

„Es ist eine sinnvolle Maßnahme."

„Sinnvoll für wen?", erwidere ich angriffslustig. „Für euch oder für ihn? – Lass mich zu ihm."

„Nein. Mensch, Roxy, das ist zu gefährlich, selbst wenn ich wollte, ich dürfte nicht ... He, lass das!" Doch ich hab die Boxentür schon entriegelt und mich hindurchgeschoben. „Scheiße", zischt Nolan angespannt und will hinterherkommen. Aber ich schließe die Tür, bevor er mir folgen kann. „Zwei sind zu viel für ihn. Bleib draußen, Nolan."

„Wenn das Isabella wüsste, dann ..."

„Was dann?" Ich lehne mich mit dem Rücken an die Boxenwand, ohne Saphir zu fixieren, die Hände offen und frei, aber locker hängend. „Lässt sie dich dann nicht mehr ran?"

Nolan schließt die Augen und lehnt sich wie ich an die gegenüber liegende Stallwand, zwischen uns die Boxentür. Er sieht fertig aus, keine Energie mehr. Dabei könnte er mich so einfach rausschmeißen. Er müsste nur mal kurz telefonieren und seine Armee wäre zur Stelle.

„Ich bin gestern Nacht um zwei von meinen Wochenend-Turnieren nach Hause gekommen ... Heute hab ich den ganzen Tag für meine Klausuren gelernt und jetzt darf ich gleich wieder zurück in die Vereinssitzung." Seine Stimme ist nun kaum noch zu verstehen. „Wenn ich nur ein bisschen wacher wäre, dann ..."

„Ja, ich weiß. Dann wäre ich gar nicht erst hier. Aber jetzt ist es nun mal so." Ich klinge fast liebevoll. Nicht wegen Nolan. Sondern wegen Saphir. Denn in seine Augen kehrt gerade ein wenig Leben zurück. Es ist nur ein Hauch, aber ich kann es deutlich sehen. Er nimmt mich wahr. Unsicher dreht er seinen Kopf zu mir, als würde er angestrengt versuchen, mich einzuordnen, bis er mich zu erkennen scheint und mit einem langen Seufzen ausatmet. Ich berühre ihn nicht, schaue ihn nicht an, bin nur bei ihm – und es genügt uns.

„Was hat sie mit ihm vor?"

Es dauert eine Weile, bis Nolan antwortet. Ich glaube, er ist im Stehen eingenickt. „Dressur und Springen. Er muss noch viel lernen. Kommt von der Rennbahn. Kennt nichts anderes." Das nächste Gähnen unterdrückt Nolan nicht. Es ist ansteckend, sofort reiße ich ebenfalls meinen Mund auf. Auch ich bin müde. Dieser Tag nimmt kein Ende.

„Wie alt?"

„Sechs. Der ist mit drei schon Rennen gelaufen."

Mit drei ... Kurz sehe ich ihn vor mir, ein langbeiniges Baby mit einem Jockey auf dem Rücken, der auf ihn eindrischt, dazu der Lärm, das Geschrei der Menschen, seine Angst ... Ich bin nicht viel älter gewesen, als sie mich aus dem Wagen gezerrt haben und das Pony mir nachgewiehert hat. Auch damals ist alles viel zu schnell gegangen. Zu viel Chaos, zu viel Angst. Zu viel Ungewissheit.

„Roxy, bitte komm da raus. Ich kipp hier gleich um vor Müdigkeit. Du warst jetzt bei ihm und ... Oh Mann." Nolans „Oh Mann" klingt erstaunt. Ich reagiere nicht darauf, sondern halte still, während Saphirs Kinn schwer auf meine Schultern sinkt, als hätte er endlich einen Platz gefunden, an dem er sich in Sicherheit fühlt. Langsam schiebt Nolan die Boxentür auf und umfasst mein Handgelenk. „Bitte, Roxy. Wenn ich nicht gleich bei der Sitzung erscheine, kommt mich jemand holen und wahrscheinlich ist es Isabella, also ..."

„Ich weiß. Dann gibt es Ärger im Paradies." Saphirs Kopf sackt schwer nach unten, nachdem ich meine Schulter in Zeitlupe unter ihm weggezogen habe, und das schwache Licht in seinen Augen zieht sich zurück. Ich möchte nicht von den anderen verjagt werden, nicht nach diesem Moment. „Hier, der Schlüssel."

Nolan schließt seine Finger nicht sofort. Für ein, zwei Wimpernschläge stehen wir stumm voreinander und starren auf den Schlüssel in seiner Handfläche, als berge er eine Botschaft, die wichtig für uns ist, wir aber noch nicht enthüllen können.

„Du hast ja Lavendel." Unbeholfen tritt Nolan einen Schritt zurück.

„Ja, klar." Ich schlucke krampfhaft. In Nolans Welt gibt es Lavendel noch und für diesen einen Augenblick verberge ich mich in seiner Welt, seiner reichen, hellen, sauberen und warmen Welt, und vergesse die meine. „Ich hab Lavendel."

Als ich zurück in die WG komme, brennt noch Licht in Steffens Büro. Er hat auf mich gewartet, obwohl Diana heute Nachtschicht hat und wahrscheinlich schon in der Erdgeschoss-Wohnung sitzt und liest. Eigentlich hat er seit dem Pizza-Essen Feierabend. Doch er bleibt im Büro sitzen; fragt nicht, wie es war und warum ich so lange dafür gebraucht habe, einen Rucksack zu holen und einen Schlüssel abzugeben.

Im Kühlschrank wartet mein Pizzastück auf mich, wie immer sorgsam abgedeckt und noch nicht ganz kalt. Steffen hat Wort gehalten. Mein Bauch ist so leer, dass ich zwei große Bissen auf einmal nehme und mit geschlossenen Augen kaue. Während ich am Küchenschrank lehne und esse, sehe ich Nolan vor mir, müde, gestresst und unter Zeitdruck. Doch nach und nach wandeln sich die Bilder, werden heller und bunter. Wir sind wieder in der Halle, die Musik läuft, Nolan wirkt konzentriert, gelöst und zufrieden, genau wie Jakob, und sie schweben zusammen im Takt durch die Halle. Dann schiebt sich Saphirs Bild dazwischen ... und plötzlich habe ich eine Idee.

Sie fühlt sich verrückt an und chancenlos – aber sie ist besser als nichts.

Ich muss versuchen, sie umzusetzen.

MÄDCHEN FÜR ALLES

„Na endlich“, wispere ich, schaue mich ein letztes Mal nach hinten um und wage einen Schnellstart zwischen den Pferdeanhängern hindurch zum Stalleingang. Meine Beine fühlen sich weich und unsicher an, weil ich so lange in der Hocke verharrt habe, doch es gelingt mir, an Nolan vorbei in die Stallgasse zu sprinten und ihn am Ärmel in die Ecke mit den Spinden zu ziehen. Er zuckt zusammen, folgt mir aber stolpernd.

„Pscht“, zische ich warnend und lege meinen Finger auf die Lippen. „Der darf mich nicht erwischen!“

Noch immer dröhnt die Stimme des Mannes über den Hof, der mich vor Jahren vom Gestüt verjagt hat – es ist tatsächlich derselbe, den ich in der Schänke lachen gehört habe. Seit fast einer Stunde steht er neben der Halle und telefoniert, während ich hinter den Hängern gehockt und darauf gelauert habe, Nolan in einem günstigen Moment abzupassen ... Fast wie ein Sechser im Lotto, aber jetzt hat es geklappt.

„Wieso denn erwischen?“, fragt Nolan gedämpft und sieht sich nach der Tür um. „Was machst du überhaupt hier?“

„Ich muss mit dir ... Fuck.“

Die Stimme des Mannes nähert sich. Draußen hat es angefangen zu regnen, wahrscheinlich sucht er einen trockenen Platz – oder gar Nolan?

„Ja, Moment, Lydia, er muss hier irgendwo sein, ich geb ihn dir, sobald ich ihn sehe ... Nolan?“

„Oh nee, nicht Lydia ...“, murrt Nolan, während ich mich noch kleiner mache. „Komm mit ...“ Er packt mich am Handgelenk und dirigiert mich an den Spinden vorbei zu einer abgelegenen, großen Box, deren Tür halb offen steht. „Hier rein, schnell!“

Ich gehorche wortlos. Die Box ist leer, doch in der Ecke neben dem Eingang liegen zwei quadratische Ballen Stroh, auf die wir uns niederlassen. Blitzschnell holt Nolan sein Handy heraus und schaltet es auf stumm.

„Nolan!“, schallt die Stimme des Mannes durch den Stall. „Nolan? – Lydia, ich weiß nicht, wo der Kerl steckt – obwohl ich schwören könnte, dass ich ihn eben noch gesehen habe ... Nolan!!“

Nolan hat die Ellenbogen auf die Knie gestützt und zerwühlt sein Haar, während ich in Schockstarre verharre.

„Lydia, melde dich einfach selbst bei ihm. Ich habe mich wohl geirrt, hier ist niemand …“ Seine Schritte entfernen sich und seine Stimme wird leiser. Nolan und ich bleiben sitzen, bis er nicht mehr zu hören ist.

„Oh Mann, das darf nicht wahr sein“, raunt Nolan. „Ich verstecke mich in meinem eigenen Stall …“

„*Deinem* Stall?“

Nolan macht eine schwammige Handbewegung. „Aber wieso versteckst *du* dich eigentlich vor meinem Dad?“

„Dein Dad?“ Oh, verdammt. Das sind keine guten Voraussetzungen für meinen Plan. Eigentlich sollte ich jetzt aufstehen und gehen. „Der Kerl ist dein Vater? Ist der nicht ein bisschen zu alt dafür?“ Er hat schon fast keine Haare mehr auf dem Kopf und tiefe Furchen zwischen Mund und Nase.

Nolan grinst schwach und zuckt mit den Schultern. „Bin eben das Nesthäkchen. Und lenk nicht ab, Roxy. Warum haust du ab vor ihm?“

„Ich hau nicht ab“, flunkere ich und straffe meinen Rücken. „Ich kann ihn bei unserem Gespräch nur nicht gebrauchen.“

„Aha. Welchem Gespräch denn?“ Nolan rückt ein Stückchen von mir weg, lehnt sich mit dem Rücken gegen die Boxenwand und sieht mich fragend an. Er trägt Hemd und Reithose; dazu Boots und karierte Socken.

Zum Glück nicht in Pastellfarben. Nur seine Haare passen nicht zu seinem schnieken Outfit. Sie wellen sich vergnügt in alle Richtungen, und je öfter er mit den Fingern durchfährt, desto eigensinniger werden sie – fast wie meine, nur heller und glänzender. Wahrscheinlich ist das Durcheinander auf seinem Kopf sogar Absicht, während bei mir jeder Friseur an seine Grenzen kommt.

„Ich möchte für dich arbeiten. Als Stallhilfe. So Mädchen für alles."

Nolans fein gezeichnete Brauen wandern erstaunt nach oben. „Wir brauchen hier keine Stallhilfe. Wir haben Personal. "

„Aber nicht montags", kontere ich treffsicher. „Montag ist Ruhetag und anscheinend reitest du gerne montags und ... brauchst jemanden, der dir zur Hand geht." Das ist eine kühne Behauptung, aber Nolan ist so perplex, dass er mich sekundenlang mit halb offenem Mund mustert und dabei abwehrend den Kopf schüttelt.

„Roxy, du hast mich gelinkt letzte Woche. Du warst hier gar nicht mehr beschäftigt, du hast nur deinen Rucksack abgeholt. Außerdem bist du gar keine Auszubildende wie die anderen, die beim therapeutischen Reiten geholfen haben, sondern ... du hast bei Frau Klamm Sozialstunden abgeleistet, weil du ..."

„Du hast dich also informiert", unterbreche ich sein Gestammel schulterzuckend.

„Sagen wir es so: Ich bin auf dem aktuellen Stand." Wieder huscht ein Grinsen über sein Gesicht, als amüsiere es ihn, wie naiv er gewesen war. „Ich hätte dir weder Jakob überlassen dürfen noch dich mit in diese Stallungen nehmen. Das darf ich auch jetzt nicht."

„Trotzdem sitzen wir hier", erwidere ich ungerührt. „Dann erzähl doch mal, was alles gegen mich spricht. Ich muss allerdings spätestens um acht zu Hause sein. Also vielleicht besser in Stichpunkten."

Nolan lacht halblaut auf und zerwühlt erneut seine Haare, doch dann wird er ernst – schneller, als mir lieb ist. „Es heißt, du hast ein Mädchen verprügelt und warst deshalb vor Gericht. Und dass du im Quellenhof wohnst und ... na ja."

„Das ist alles? Stimmt, ich habe ein Mädchen verprügelt. Die Betonung liegt auf ‚habe'. Ich mach so was nicht mehr und habe es auch nur einmal getan – und vor allem weiß ich, dass es nicht richtig war." Es zu leugnen, hat keinen Sinn, aber es ist Vergangenheit. „Zum zweiten Punkt: Ja, ich wohne im Quellenhof, was kein Verbrechen ist. Es ist eine betreute WG für Jugendliche, die kein Zuhause haben oder mit ihren Eltern nicht mehr klarkommen. Keine Drogenhöhle oder Mafianest. Und weiter?"

„Mensch, Roxy, das geht nicht! Ich kann niemanden in den Stall und an die Pferde lassen, der ... wegen einer Gewalttat vor Gericht stand und ..." Wieder gerät Nolan ins Stottern. Wirklich viel weiß er ja nicht über mich.

„Interessiert die Pferde das? Dass ich einen Gerichtstermin hatte und Sozialstunden ableisten muss? Das ist denen doch total egal!"

„Ja, aber mir nicht!" Nolan rückt noch ein Stück von mir weg. „Ich weiß doch gar nicht, mit wem ich es da zu tun habe!"

„Ist das denn so wichtig?", gebe ich zurück. „Dich kenn ich doch auch nicht! Und ich weiß selbst nicht einmal, woher ich komme, ich hab keine Ahnung, aus welchem Land – na und? Für die Pferde spielt das doch überhaupt keine Rolle!"

„Du weißt nicht, woher du kommst?" Vor Überraschung weiten sich Nolans dunkle Augen. „Echt?"

„Ja, echt. Vielleicht aus Rumänien, vielleicht auch aus Bosnien oder Albanien, keine Ahnung. Wir waren überall unterwegs. Wie gesagt, ich hatte keine Papiere, keinen Pass und irgendwann habe ich dann die deutsche Staatsangehörigkeit bekommen, weil ich nun mal hier im ... im Heim war." Wieder zu viel erzählt. Ich muss die Kurve kriegen, schnell. „Aber das ist alles nicht wichtig. Wichtig ist doch nur, dass ich mit Pferden umgehen kann. Denn mit denen werde ich zu tun haben. Nicht mit Menschen. – Außer mit dir", füge ich noch etwas leiser hinzu. „Oder hast du etwa Angst, ich könnte dich verprügeln?"

„Blödsinn!", sagt Nolan abwinkend. „Darum geht's nicht. Sondern ... Muss ich das wirklich sagen? Ist das nicht vollkommen klar?"

„Dass du Schiss vor den anderen hast? Vor deinem Vater und dieser Lydia und ihrem Clan?"

„Ich hab keinen Schiss." Nolan atmet seufzend durch und wirft einen Blick auf seine Uhr.

„Aber du hast Stress. Oder?"

„Ja", gibt er widerstrebend zu. „Ja, im Moment ist es ziemlich stressig."

„Dann lass mich dir helfen. Ich mache dir abends die Pferde fertig und bringe sie in die Halle und hole sie dort auch wieder ab, um sie abzusatteln und zu füttern. Du musst dich nur draufsetzen und reiten. Du sparst pro Training mindestens eine Stunde, in der du lernen oder karierte Socken nach Farben sortieren oder in deinen Haaren herumwühlen kannst ... oder im Stall mit deinem Vater Verstecken spielen. Zeit ist Geld, oder?"

„Boah, bist du hartnäckig ..." Mit einem leisen Stöhnen greift Nolan in seinen Nacken und massiert ihn mit Daumen und Zeigefinger, als würde er schmerzen.

„Worum geht's dir, Roxy? Willst du hier reiten? Denn das kannst du vergessen, diese Pferde ..."

„Will ich nicht", unterbreche ich ihn. „Ich kann gar nicht reiten."

„Überhaupt nicht?", fragt Nolan skeptisch.

„Nein. Jedenfalls nicht ... in echt." In meinen Träumen sitze ich jede Nacht auf einem Pferd – oder laufe mit ihm durch den Wald, in stiller Eintracht. Ich weiß nicht, wohin wir gehen, ich weiß nur, dass es da draußen in der Ferne ein Ziel gibt, das ich erreichen möchte, und das Pferd und ich verstehen uns ohne Worte. Aber das ist jetzt nicht wichtig. „Ich will einfach nur mit Pferden arbeiten, das ist alles. – Komm schon, Nolan, du hast gedacht, ich bin eine Auszubildende!"

„Ja, weil ich es nicht besser wusste!"

„Aber du hast keine Zweifel bekommen. Weil ich so gut mit Jakob zurechtgekommen bin. Oder?"

„Mensch, Roxy ..." Nolan schließt die Augen und lässt seinen Hinterkopf gegen die Boxenwand sacken. „Sorry, wenn ich das so hart sage, aber du zwingst mich dazu. Die Wahrheit ist: Du bist hier nicht erwünscht. Da drüben, am Schulstall, okay, das haben sie toleriert, aber hier – das geht nicht."

„Klar geht das. Du hast eben gesagt, es ist dein Stall und einer der Obermacker hier ist dein Vater. Du kannst entscheiden, dass es geht! Muss ja keiner von den anderen mitkriegen. Gib mir eine Woche Probezeit, nur eine Woche. Wenn du nicht zufrieden bist, siehst du mich hier nie wieder. Versprochen."

Nolan vergräbt sein Gesicht in seinen Händen; ich hab ihn weichgekocht – und mich selbst dazu. Ich kann mich kaum mehr aufrecht halten. Zu kämpfen macht müde – und noch nie habe ich so sehr um etwas gekämpft. Bisher habe ich immer nur gegen etwas gekämpft. Das war leichter. Viel leichter.

„Nur eine Woche. Bitte."

Wortlos steht Nolan auf, zieht im Gehen sein Handy aus der Tasche und läuft rüber zu den Spinden. Papier raschelt, als würde er in irgendwelchen Plänen blättern. Vorsichtig stehe ich auf, trete an die Boxentür und linse durch die Gitterstäbe. Nolan lehnt neben dem offenen Spind und studiert eine Art Stundenplan, bevor er wieder auf sein Handy schaut und offenbar Termine miteinander abgleicht. Scheint kompliziert zu sein, denn sein Gesicht wird immer finsterer. Ich lasse mich wieder zurück auf den Strohballen sinken und warte. Zu gerne würde ich jetzt nach Saphir sehen, aber dann wäre Nolan klar, warum ich für ihn arbeiten will – und ich hätte die Mini-Chance, die ich möglicherweise noch habe, verspielt. Saphir ist Isabellas Pferd. Das darf ich niemals vergessen.

Nach einigen stillen Minuten kommt Nolan zurück,

in der Hand immer noch das Bündel Papiere, lässt sich neben mich fallen und gähnt herzhaft.

„Also gut, von mir aus. Probieren wir es. Montag reite ich erst Torero, dann Jakob. 17 bis 20 Uhr. Donnerstagabend ab 18 Uhr Lady und anschließend Jakob, da haben die anderen Stammtisch in der Schänke. Wenn doch jemand hier ist und dich anspricht, sagst du, du bist meine Praktikantin. Mehr nicht. Okay?"

„Okay", willige ich mit erstickter Stimme ein und nicke. Jetzt erst merke ich, dass ich mit dieser Wendung nicht mehr gerechnet habe – und es haut mich um. Meine Knie zittern und ich kann kaum schlucken.

„Sind zehn Euro pro Abend für dich in Ordnung? Ich weiß, das ist nicht viel, aber mehr kann ich nicht abzwacken, ohne dass es ..."

„Ich will kein Geld." Klappe, Roxy, denke ich, doch meine Worte hängen schon zwischen uns. „Ich mache es wegen der Pferde."

„Oh. Und ich dachte, wegen mir." Nolan hat den Blick unschuldig gesenkt, aber seine Mundwinkel zucken verräterisch. „Dann muss ich mir das noch mal gut überlegen, denn ..."

„Wegen den Pferden und dir, du arroganter Schnösel. Zufrieden?" Jetzt muss ich auch grinsen, ob ich will oder nicht. Ich hab es tatsächlich geschafft, ich darf für ihn arbeiten! Ich weiß zwar nicht, wie ich das Steffen verklickern und ihn dazu bringen soll, es mir zu erlauben, aber ich darf Saphir wiedersehen.

„Zufrieden. Kannst gleich loslegen, ich hab genau zehn Minuten, um Lady fürs Training fertig zu machen. Komm, ich zeig dir alles."

Eigentlich müsste ich sofort in den Quellenhof fahren. Ich war heute dran mit meinem wöchentlichen Einkaufsdienst – und hätte eigentlich schon vor drei Stunden zurück sein müssen ... So lange braucht selbst eine Legasthenikerin mit Leseschwäche nicht zum Einkaufen. Doch wenn ich jetzt Nein sage, trampel ich alles nieder, was ich eben gesät habe. Also gehe ich mit Nolan zu den Boxen, putze Lady, während er Sattel und Zaumzeug holt und mit Lydia telefoniert (sie scheint wirklich eine anstrengende Frau zu sein, denn Nolans Haare machen dabei einiges mit), lege der Stute die Gamaschen an und entferne Strohhalme aus ihrem sanft hin und her wedelnden Schweif – und versuche die ganze Zeit, nicht ans Ende des Gangs zu schauen, wo Saphir in seinem grauen Nebel vor sich hin dämmert.

Doch er hat mich gehört. Er muss mich gehört haben! Und wenn er so klug ist, wie ich glaube, weiß er, dass ich wiederkomme.

Er wird auf mich warten.

VERHANDLUNGSSACHEN

„Nein, Roxy, ich kann dir dafür kein grünes Licht geben. Erst recht nicht, nachdem du wieder sämtliche Grenzen ausgereizt hast."

„Wieder? Wieso denn wieder?" Ich muss mich beherrschen, um Steffen nicht anzuschreien. Ich hatte nicht mit einem sofortigen „Ja, mach das" gerechnet, doch er will sich nicht einmal genau anhören, welche Aufgaben ich auf dem Gestüt übernehmen würde. Dass ich für Nolan arbeiten will, hat ihm gereicht; seit diesem Punkt stellt er auf Durchzug.

„Seitdem du hier eingezogen bist, verweigerst du dich jedem gemeinsamen Essen, jeder gemeinsamen Unternehmung. Ich habe das bisher geduldet, weil ich der Meinung war, dass du noch Zeit brauchst, um dich einzugewöhnen. Dass du länger im Stall geblieben bist, nachdem Lavendel so plötzlich gestorben ist – okay, das war ein harter Tag für dich. Aber nur eine Woche später nutzt du deinen Einkaufsdienst aus, um etwas völlig anderes zu tun, ohne es mit Diana oder mir abzusprechen ..."

„Was soll ich denn noch alles mit euch absprechen? Soll ich demnächst auch meine Klogänge ankündigen? Oder wenn ich meine Fingernägel schneide?" Mein Herz schlägt in einem Höllentempo und ich bekomme kaum noch Luft beim Reden. Nicht zu schreien, kostet mich Kraft, die ich nicht mehr habe. „Ich musste doch erst klären, ob ich den Job überhaupt bekomme, und jetzt weiß ich, dass ich dort arbeiten kann. Ist das denn keine gute Nachricht?!"

Steffen lacht dumpf auf und streicht sich über seinen knisternden Dreitagebart. „Eine gute Nachricht ... Roxy, du bist vieles, aber nicht naiv. Das Kastanien-Hof ist nicht der richtige Platz für dich. Und das weißt du selbst, wenn du ehrlich bist."

„Ach ja?" Mein Mund verzieht sich zu einem spöttischen Grinsen. Es tut weh im Gesicht. „Du hast mich doch überhaupt erst dort hingeschickt! Ich wollte gar nicht, aber du hast darauf bestanden ..."

„Ja, für Sozialstunden beim therapeutischen Reiten, im Schulstall, nicht im Leistungszentrum!" Steffen nimmt einen Schluck Kaffee und verzieht angewidert den Mund. Schlechtes Omen. Wenn ihm sein Kaffee nicht schmeckt, ist Vorsicht angesagt. „Ich habe mich über das Gestüt informiert, bevor ich Frau Klamm zugesagt habe, und hab es ein weiteres Mal getan, nachdem es dort so beschissen für dich gelaufen ist. Das ist ein elitärer Verein, Roxy! Da hocken die Top-Unternehmer und Anwälte und Ärzte der Stadt und kochen ihr eigenes Süppchen, die wollen Leute außerhalb ihrer Gehaltsklasse dort nicht haben, und dieser Nolan Hilbert, für den du arbeiten willst ...", prüfend äugt Steffen in den Kaffee, als überlege er, ob er es wagen könne, noch einen Schluck zu nehmen, „... das ist der Sohn vom Brötchen-Hilbert, denen gehört die Bäckerei-Kette, die ständig neue Filialen eröffnet. Diese Familie ist steinreich und der Hilbert handelt nebenher mit Sportpferden und finanziert den halben Stall. Nolan tritt auf hoch dotierten Turnieren an, er ist die große Hoffnung und das Aushängeschild des Gestüts – wenn du mit ihm zu tun hast, hast du mit allen zu tun! Dazu kommt, dass er mit Isabella von Hohenstein zusammen ist, die beiden haben den letzten Reiterball eröffnet, darüber hat sogar die Zeitung berichtet. Die Hohensteins sind die Vereinsvorsitzenden, Lydia und Gernot ... richtig von der alten Schule, glaub mir. Der Vater ist Chefarzt in der Privatklinik Sonnentau, die Mutter führt ein Reitsportgeschäft, von dem Nolan auch gesponsert wird, und Nolan und Isabella sind das, was man eine gute Partie nennt; das Vorzeigepärchen des Stalls. Roxy, du verbrennst dir dort die Finger, und ich will dich davor schützen! Dieser Klüngel dort ist keine passende Gesellschaft für dich!“

Ich steh mitten in einem Kugelhagel. Dass Nolan und Isabella ein Paar sind, habe ich mir schon gedacht – und auch, dass Nolans Vater im Stall eine wichtige Funktion hat. Doch die Informationen über Nolans und Isabellas Familie so geballt aus Steffens Mund zu hören, ist etwas anderes. Vorher waren es Mutmaßungen, die mich nicht großartig gejuckt haben. Jetzt sehe ich Nolan und Isabella vor mir, wie sie zusammen zum Traualtar schreiten und hinter ihnen schwingen Hilbert & Co ihre Peitschen. Keine schönen Bilder. Trotzdem versuche ich, unbeeindruckt zu bleiben.

„Was glaubst du denn, was mir dort Schlimmes passieren kann? Dass sie mich zu Drogen und Alkohol verführen? Oder auf die schiefe Bahn locken? Die wissen doch gar nicht, was das ist ...“

„Genau, Roxy. Du hast es erfasst. Die wissen nicht, was das ist und auch nicht, wie man darauf gerät.“ Steffen hat entschieden, dass der Kaffee ungenießbar ist, und schiebt ihn weg. Fest blickt er mir in die Augen. „Die urteilen über dich, ohne dich zu kennen, und werden alles tun, damit du freiwillig gehst. Und das möchte ich dir ersparen nach dem, was du durchgemacht hast in den vergangenen Jahren.“

„Es kann aber auch eine Chance sein!“ Nolan hat

schon recht, ich bin hartnäckig. Saphir ist mir zu wichtig, um aufzugeben, auch wenn mir langsam die Argumente ausgehen. „Wenn so jemand wie Nolan mich für sich arbeiten lässt, wäre es dumm, das nicht zu nutzen. Mann, Steffen, ich geh auf eine Förderschule, weil ich kaum lesen und schreiben kann. Ich kann doch später nur was mit Tieren machen! Was anderes pack ich doch gar nicht!"

„Ja, das kommt auch noch dazu. Wenn die das rauskriegen ..." Steffen fängt an, sich eine Zigarette zu drehen, doch er wirkt unkonzentriert. Er will wirklich nicht, dass ich den Job annehme. „Dann werden sie dich erst recht von oben herab behandeln."

„Das müssen sie gar nicht herauskriegen. Ich putze und sattele Pferde. Den Tieren ist es wurscht, ob ich schreiben oder flüssig lesen kann. Da zählen ganz andere Dinge." Völlig egal ist mir meine Legasthenie nicht. Ich will nicht, dass Nolan das rauskriegt. Aber solange ich nichts für ihn aufschreiben oder ihm vorlesen muss, wird er das auch nicht. „Und darin möchte ich besser werden. Das ist doch eine Chance!"

„Nicht in diesem Stall."

„Es gibt aber keinen anderen in der Stadt! Er ist der einzige!"

Das Zittern kriecht von meinen Knien in meinen ganzen Körper. So habe ich mich das letzte Mal gefühlt, als ich bei minus fünf Grad im Freien übernachten musste und nicht wusste, ob ich am nächsten Morgen wieder aufwache. Mir ist sterbenselend.

„Roxy, du zitterst." Steffen klingt ein wenig milder, aber immer noch viel zu autoritär. Ich mag ihn so nicht. „Setz dich endlich hin und trink einen Schluck." Unwillig lasse ich mich auf den Stuhl nieder, den ich die ganze Zeit ignoriert habe, aber meine Knie fühlen sich an wie Wackelpudding. Selbst meine Lippen scheinen zu zittern. Die Hälfte des Wassers, das ich mühsam meine Kehle hinunter zwinge, läuft an meinem Kinn herunter und tropft auf meinen Pulli. Hastig wische ich es weg.

„Ich kann auch wieder zurück auf die Straße gehen." Meine Stimme klingt eisig. „Ihr könnt mich hier nicht einsperren. Und ich bin verdammt schnell im Abhauen."

„Ach, so ist das, Roxy? Du willst mich erpressen?" Erschrocken schaue ich auf. Steffen hat sich erhoben und ist so laut geworden, dass selbst Moses aufwacht und den Kopf von den Pfoten nimmt. Steffens Augen sind schmal geworden und sein Mund wirkt noch kleiner als ohnehin schon. „Damit ich dir in Zukunft alles durchgehen lasse und dich anbettle, bei uns zu bleiben? Nein, das kannst du vergessen, Miss Underdog. Wenn du zurück auf die Straße willst, dann geh, der

Weg ist frei, ich halte dich nicht auf!“ Mit weit ausgestrecktem Arm zeigt er aus dem Fenster. „Bitte, nur zu, du weißt ja, wie es dort ist! Wenn du Bock darauf hast, dir jeden Abend einen anzutrinken, damit du das ewige Frieren nicht mehr spüren musst und deinen eigenen Gestank nicht mehr riechen, wenn du dich Tag für Tag zudröhnen willst, um deine Tatenlosigkeit ertragen zu können, dann los! Schmeiß deine Chance, endlich mal ein anderes Leben zu leben als das, was du bisher kennengelernt hast, in den Müll, es ist deine Entscheidung, aber glaub bloß nicht, dass ich dir hinterherrenne. Es gibt zig andere Jugendliche mit schwieriger Vergangenheit, die auf ein Zimmer in diesem Haus warten, das ist schon am nächsten Tag wieder besetzt. Was sitzt du noch hier rum, Roxy? Erpressung zieht bei mir nicht, also, worauf wartest du?“

Mein Zittern hat sich in ein Schlottern verwandelt, das tief in meine Knochen kriecht; sogar meine Zähne schlagen rhythmisch aufeinander, und mir ist so schlecht, dass ich bittere Galle auf meiner Zunge schmecke. Gleich kotze ich Steffen vor seinen Schreibtisch. Ich hasse ihn dafür, dass er mich anbrüllt und verspottet, ich möchte ihn schlagen und treten, bis er sich bei mir entschuldigt. Doch da draußen ist ein Pferd, dem es schlechter geht als mir. Und nur das zählt.

„Na, was ist? Worauf wartest du, Roxy?“ Krachend

schlägt seine Faust auf den Tisch. Die Tasse scheppert und der Kaffee schwappt über. Moses zieht sich fiepend in die Ecke neben dem Schrank zurück, aber ich bin zu fertig, um zusammenzuzucken.

„Auf dein Ja zu meinem Job im Stall."

„Kacke ..." Steffen stößt seinen Stuhl gegen die Wand und beginnt, zwischen Schreibtisch und Fenster auf und ab zu laufen, wie ich in meinen schlaflosen Nächten im Flur. Nach vier Runden bleibt er abrupt stehen, dreht sich langsam um und fixiert mich. Sofort wird mein Puls schneller. „Okay, Roxy – eine Frage, und ich will, dass du sie mir ehrlich beantwortest. Schau mich an dabei!" Folgsam hebe ich meinen Blick, ohne zu vertuschen, was ich gerade für ihn empfinde. „Keine Ausflüchte, keine Lügen. Ist es wegen diesem Nolan? Hast du dich in ihn verguckt und möchtest deshalb unbedingt diesen Job machen?"

„Nein." Meine Antwort kommt prompt und aus tiefstem Herzen. Ich musste keine Sekunde darüber nachdenken. „Da ist ein Pferd, das mich braucht. Das ist der Grund. Und ich bin gerne mit Pferden zusammen."

„Aber warum musste ich dich dann anfangs zwingen, dorthin zu gehen? Warum hast du dich so sehr dagegen gesperrt?"

„Weil ... also, ich ... ich wollte nicht ..." Ich kann nicht weitersprechen. Die Antwort versteckt sich tief in meinem Bauch, dort, wo es manchmal so stark schmerzt, dass ich mich kaum mehr bewegen kann. Trotzdem nehme ich einen neuen Anlauf. Steffen hat gesagt, ich soll ehrlich sein, und wenn das die Bedingung ist, werde ich es versuchen. „Ich ... wollte nicht ... dass ich ... dort ..." Keuchend beuge ich mich nach vorne. Mir ist so übel. „Dass ich ... mich ... mit ..."

„Stopp, Roxy. Ist gut." Steffen sackt in sich zusammen, als habe man ihm mit einem Betäubungsgewehr in den Rücken geschossen. Sein Arm sinkt herab und er lässt sich schwer in seinen Bürostuhl plumpsen. „Ich will dich nicht zwingen, etwas zu sagen, was du ... noch nicht sagen kannst. Sorry, Fledermaus." Mit der Linken angelt er sich mein Wasser und trinkt einen großen Schluck. Er sieht fast so fertig aus, wie ich mich fühle. „Dann sind wir jetzt quitt. Du bist zu weit gegangen, ich bin zu weit gegangen." Er stellt das Glas mitten in dem Kaffeesee ab und schaut an mir vorbei ins Nirgendwo. „Mach mir ein Angebot."

„Ein Angebot?" Meine Stimme hört sich piepsig an und erinnert mich an das Winseln von Moses, wenn er träumt. Was meint Steffen damit?

„Wirf etwas in die Waagschale. Etwas, das mich überzeugt." Oh – er will mit mir verhandeln? Panisch durchwühle ich meinen Kopf, doch ich sehe nur Chaos, und mein Schlottern wird wieder stärker.

„Mir fällt nichts ein!“, rufe ich dünn. Was soll ich ihm nur anbieten? Ich habe doch nichts!

„Mir schon. Stichwort Pizza.“

Oh, das Pizza-Kränzchen – dem ich mich bisher immer erfolgreich verweigert habe. „Aber ... montags müsste ich Nolan im Stall helfen ...“ Fühlt es sich so an, wenn man kurz davor ist, Amok zu laufen? Der ganze Raum wirkt plötzlich feurig rot, als würden um uns herum Flammen lodern. Es kann doch nicht sein, dass es jetzt am Wochentag scheitert! Und das Gestüt wird ganz bestimmt nicht wegen mir seinen Ruhetag ändern, diese Vorstellung ist lachhaft.

„Kein Problem. Ich möchte das gemeinsame Essen sowieso auf den Freitag verlegen. Dann fällt Clemens der Einstieg ins Wochenende leichter.“ Ich starre Steffen an wie die Maus den Käse in der Falle. Ist es denn eine Falle? Testet er mich – oder meint er das ernst? Er hat recht, freitagabends ist Clemens immer besonders anstrengend, weil das früher sein fester Start in sein Drogen- und Party-Wochenende war. „Also, bist du dabei? Und beteiligst dich in Zukunft an den Gruppengesprächen und unseren gemeinsamen Sonntagsausflügen?“

„Ja. Ja, das mache ich.“ Mein Hals tut weh und meine Stimme klingt rau und heiser.

„Deal.“ Steffen beugt sich vor und streckt mir seine Hand hin. „Ab sofort integrierst du dich in das WG-

Leben und kannst dafür zwei Mal die Woche im Stall helfen. Zusätzlich zu den Sozialstunden in der Suppenküche am Samstag."

„Deal." Ich schlage ein. Seine Finger fühlen sich warm und stark an, als er sie um meine schließt und gleich wieder loslässt. Ich ahne, dass er mich jetzt gerne umarmen würde, weil er weiß, wie dreckig es mir geht, aber er darf das nicht. Das darf nur Diana; irgend so eine Sozialpädagogen-Regel. Doch ich mag sowieso keine Umarmungen, ganz egal, von wem sie kommen. Stumm weist Steffen auf die Tür. Ich bin entlassen.

Ich schaffe es gerade noch bis zu meinem Zimmer, dann sacke ich vor meinem Bett auf die Knie und lege meinen Kopf und meine Arme auf die Matratze, als würde ich beten. Es dauert Minuten, bis das Zittern in mir sich legt und ich realisiere, was eben geschehen ist. Zum ersten Mal in meinem Leben bin ich einen Kompromiss eingegangen, um ein Ziel zu erreichen. Vielleicht hatte ich vorher sogar noch nie ein echtes Ziel. Steffen hat mir die Wahl gelassen, zwischen Straße und einem Deal. Und ich hab den Deal gewählt, mich für etwas entschieden, zu dem ich ohne Saphir niemals Ja gesagt hätte.

Beinahe wäre es schiefgegangen, weil ich versucht habe, Steffens Gutmütigkeit auszunutzen. Das hätte ich nicht tun dürfen. Es hat sich falsch angefühlt. Ich mochte mich in diesem Moment selbst nicht. Dieses Gefühl muss ich mir merken. Das darf mir nicht noch einmal passieren.

In der Küche klappen Schranktüren; jemand räumt meine Einkäufe ein, und im Flur höre ich Steffens Stiefelsohlen klacken; er geht raus, eine Zigarette rauchen. Ihm steht heute noch ein Kampf bevor, er muss Diana überzeugen. Aber ich weiß, dass er mich nicht im Stich lassen wird – so, wie ich Saphir nicht im Stich lassen werde.

Ab jetzt ist der Weg zu ihm frei.

Ich werde die Stunden zählen, bis ich ihn endlich wiedersehen kann.

NEGATIV VERKNÜPFT

„Hey ... du bist ja wach.“ Wie schon beim letzten Mal bin ich ein paar Minuten früher im Stall, um nach Saphir sehen zu können. Der Weg bis zum Tor ist nach wie vor ein Spießrutenlauf. Ich nähere mich dem Stall vom Feld aus, verberge mich hinter den Hängern und warte einen Moment ab, in dem ich unbeobachtet zu den Privatstallungen rennen kann – eine Strecke von zirka fünfzig Metern, doch sie kommt mir vor wie zehn Kilometer. Der Wachhund schlägt nicht an. Aus dem Laufen heraus werfe ich ihm jedes Mal ein Wurststückchen in den Zwinger und das scheint ihm als Besänftigung zu genügen.

Obwohl heute Ruhetag ist, stehen einige SUVs auf dem Hof und in der Schänke sind die Fenster gekippt – vielleicht findet wieder eine interne Sitzung statt.

Ich schaffe es in die Stallgasse, ohne dass mich jemand gesehen hat. Nolan ist noch nicht da. Meistens trudelt er erst ein, wenn eines seiner Pferde schon gestriegelt und gesattelt in der Stallgasse steht. Dann holt er Kappe und Gerte aus seinem Spind und übernimmt die Zügel, sodass ich anfangen kann, Pferd Nummer zwei fertig zu machen. Ich liebe diese Zeit, wenn ich alleine im Stall bin, mich mit den Pferden beschäftigen kann und niemand mich dabei beobachtet. Doch erst, wenn ich mit meinen Aufgaben fertig bin oder zwischendurch ein wenig Luft bleibt, sehe ich wieder nach Saphir. Diese Minuten sind der Lohn für meine Arbeit. Geld könnte sie niemals aufwiegen. Es ist nicht so, dass ich die zehn Euro, die Nolan mir stets etwas schuldbewusst zusteckt, nicht gebrauchen kann. Aber sie bedeuten mir nichts.

Vor Saphir zu stehen und ihn anschauen zu dürfen, ist jedoch wie ein Tor zu einer magischen Welt. Ich komme mit mir selbst besser zurecht, wenn ich bei ihm bin. Als würde hinter der alten Roxy etwas hervorschimmern, was strahlt und funkelt – was es ist, weiß ich nicht, aber ich mag das Licht darin.

Ich sehe dieses Schimmern auch in Saphirs Augen. Sie müssen die Beruhigungsmittel abgesetzt haben. Zwar wirkt sein Fell noch stumpf und an einigen Stellen ist er wund, als hätte er sich gescheuert, aber seine Augen blicken mich neugierig und beinahe keck an.

„Du bist wirklich noch ein Kind ...“, flüstere ich und

schmiege mein Gesicht an die Gitterstäbe, dass er es beschnuppern kann – was er auch sofort tut. Obwohl die Haare an seinen Nüstern mich kitzeln, halte ich mit geschlossenen Augen still und versuche, meinen Atem an seinen anzugleichen. Ich atme aus, wenn er ausatmet ... atme ein, wenn er einatmet ... und nach und nach wird der Rhythmus langsamer und ruhiger ... gleichmäßiger ...

„He! Was machst du da bei meinem Pferd?“ Saphir reißt den Kopf zurück und zieht erschrocken die Luft ein. Auch ich kann mich für einen Moment nicht orientieren und drehe mich taumelnd um. „Was hast du hier zu suchen, das ist ein Privatstall!“

Oh nein. Isabella ... Was tut sie hier? Heute ist Ruhetag, nur Nolan trainiert montags, sonst niemand. Sie ist zwar Prinzessin von Hohenstein, aber keine Elite-Reiterin. In Nolans Turnier-Klasse hat sie es nie geschafft. Mit forschen Schritten geht sie auf mich zu. Wie bei unseren letzten Begegnungen ist sie von Kopf bis Fuß perfekt gekleidet, alles ist farblich aufeinander abgestimmt und die Stiefel, deren Sporen bei jedem Schritt leise klicken, glänzen. Als hätte ihn jemand gegen die Brust geschlagen, tritt Saphir rückwärts, bis die Boxenwand ihn stoppt. Sein Schweif peitscht nervös und die Ohren legen sich dicht an den Kopf. „Ich hab dich etwas gefragt. Was machst du hier?“

„Ich arbeite für Nolan“, antworte ich und versuche dabei, möglichst leise, aber deutlich zu sprechen.

„Wie bitte?“ Mit in die Seiten gestützten Händen bleibt sie zwei Meter vor mir stehen, den linken Fuß leicht ausgestellt. Zicken-Position. Ihr offener Zopf fällt in symmetrischen Wellen über ihre Schulter. Wahrscheinlich steht sie immer wieder Modell für die Kataloge ihrer Mutter und kann sich gar nicht mehr normal verhalten.

„Ich arbeite für Nolan. Als Praktikantin.“ Gott, klingt das blöd. Ich glaube kaum, dass Isabella sich damit abspeisen lässt. Und das tut sie auch nicht.

„Aha.“ Sie lacht amüsiert auf, als hätte ich mir einen dreisten Scherz erlaubt, zieht ihr Handy aus ihrer schimmernden Steppweste, entsperrt es und drückt eine Schnellwähltaste. „Nolan? Hier hat sich ein Mädchen in den Stall geschlichen, das behauptet, sie sei deine Praktikantin. Soll ich deinen Vater informieren? Oder Franz aus der Schänke holen?“

Wer auch immer Franz ist – tu das nicht. Und informiere erst recht nicht Nolans Vater, sonst war das meine letzte Schicht hier. Weil Saphir immer nervöser wird, bleibe ich reglos in meiner Ecke neben seiner Box stehen und versuche, so ruhig wie möglich zu atmen.

„Was? Ist das dein Ernst? Wieso weiß ich davon nichts? Ja, Moment – ich frag sie.“ Sie nimmt das Handy von ihrem Ohr und wirft mir einen giftigen Blick zu. „Wie heißt du?“

„Roxy“, antworte ich leise.

„Legst du es etwa drauf an, mich zu ärgern, oder was? Kannst du nicht in normaler Lautstärke mit mir sprechen?“

„Ich kann schon, aber es tut deinem Pferd nicht gut“, gebe ich zurück, meine Stimme immer noch gesenkt. Sieht sie nicht, dass er sich aufregt und jedes lautere Geräusch es schlimmer macht? „Ich heiße Roxy.“

„Wie?“

Okay, sie will es nicht anders. Ich löse mich von der Wand neben der Box, gehe drei langsame, aber zielstrebige Schritte auf sie zu, bis ich dicht vor ihr stehe, und schaue direkt in ihre akkurat geschminkten, graublauen Augen – ein Gefühl, als ob ich mich mitten in einen eiskalten Gebirgsbach stürze. „Ich heiße Roxy. Roxy Marino.“

Instinktiv weicht sie zurück, doch ihr Gesichtsausdruck ist vernichtend. Hinter uns scharrt Saphir nervös mit den Hufen im Stroh.

„Sie sagt, sie heißt Roxy Marino.“ Isabella hat das Handy wieder ans Ohr genommen. „Dann soll sie also hierbleiben? Wirklich? Okay ... Ich bin gespannt. Bis gleich, Nolan.“ Der Ring an ihrer Hand glitzert schwach auf, als sie das Handy zurück in die Westentasche schiebt. Ob er ein Geschenk von Nolan ist? „Nolan wird gleich hier sein." Das klingt nun wie eine Drohung, aber ich bin froh darum. Je eher er kommt, desto besser. „Du sollst bei Lady auf ihn warten." Sie tritt einen Schritt zur Seite, als wolle sie auf keinen Fall riskieren, dass wir uns berühren, während ich an ihr vorbei zu den Boxen von Nolans Pferden gehe. Ich beeile mich nicht, aber sobald ich Lady erreicht habe, löse ich den Karabinerhaken, schiebe die Tür auf und stelle mich neben sie. Sofort wandern ihre Nüstern zu meinen Hosentaschen; sie ist auf der Suche nach Leckerchen, doch ich halte mich auch bei ihr an meine inneren Regeln. Keine Beziehung aufbauen.

Es reicht, dass Saphir mitten in mein Herz gestürmt ist. Eigentlich will ich seit meinem ersten Tag auf diesem Gestüt weglaufen, irgendwohin, wo es keine Pferde gibt und ich tun kann, als habe es sie nie gegeben, weder in meinem Leben noch auf dieser Welt. Doch das Bedürfnis, bei ihm zu sein, für ihn da zu sein, ist stärker als alles andere – auch jetzt.

Ich streife Lady das Halfter über, und obwohl ich versuche, mich auf sie zu konzentrieren, kann ich Saphirs aufgeregtes Schnauben nicht ausblenden – und auch nicht Isabella, die unablässig auf ihn einredet, zu laut und in zu hoher Stimmlage. Es tut mir richtig weh im Kopf.

Nun bekommt sie auch noch Verstärkung, und ich bin froh, dass ich bei Lady in der Box bin. Der Mann und die Frau, die in zackigem Gleichschritt die Stallgasse hinunterlaufen, bemerken mich gar nicht; ihre Augen sind bei Isabella und Saphir – und auch sie beginnen, auf Saphir einzureden. Isabella scheint Schwierigkeiten zu haben, ihn aus der Box zu holen; wahrscheinlich wehrt er sich gegen das Halfter. Zwischendurch knallt ein Huf an die Wand und der Mann schreit Saphir an: „Hey! Lass das, Freund!" Dann ertönt ein dumpfes Geräusch, als wäre Saphir mit dem Kopf oder mit der Schulter gegen die Wand gestoßen.

Lady spitzt aufmerksam die Ohren und wirkt nervöser als sonst. Immer wieder zuckt ihr Fell und sie reckt ihren Kopf, die Nüstern leicht gebläht. Noch ein paar Minuten, und diese drei Menschen haben es geschafft, sämtliche Pferde im Stall verrückt zu machen. Auch meine Muskeln spannen sich an, während ich mit dem Striegel über Ladys glattes braunes Fell fahre.

Als ich endlich Nolans Vespa höre und wenige Augenblicke später erneut das Tor zu den Stallungen aufgeschoben wird, kann ich ein erleichtertes Aufseufzen nicht unterdrücken. Doch er hält nicht bei mir an, sondern läuft sofort ans Ende der Stallgasse, obwohl Jakob ein begrüßendes Wiehern hören lässt. Lady knottert nur leise, während Torero weiterfrisst.

„Hallo, Lydia. Guten Abend, Gernot."

Na wunderbar, die beiden sind Isabellas Eltern – und Nolan duzt sie. Wahrscheinlich der klassische Fall von Sandkastenliebe. Isabella und er kennen sich schon seit Kindertagen und die baldige Verlobung ist eine abgemachte Sache. „Ist er schon hier?"

„Nein, der Flieger hatte Verspätung. Sein Taxi ist auf dem Weg." Das war Lydia. Sie klingt ganz ähnlich wie Isabella, nur tiefer und älter. Doch beide sprechen zu laut und zu schrill.

„Okay. Dann habt ihr ja noch genügend Zeit, ihn zu satteln. Braucht ihr Hilfe?" Irre ich mich oder höre ich Hoffnung in Nolans Worten, dass sie keine Hilfe brauchen und er nicht bei ihnen bleiben muss?

„Nein, geht schon. Er ist ja doppelt gesichert." Vorsichtig stelle ich mich auf die Zehenspitzen und luge durch die Stäbe in die Boxengasse. Sie haben Saphir gehalftert und zu beiden Seiten an den Ringen zwischen den Boxen befestigt. Er hat keinen Meter Spielraum mehr. Seine Augen verdrehen sich unruhig, immer wieder ist das Weiße in ihnen zu sehen. Klatschend äppelt er auf den Steinboden und sofort breitet sich ein durchdringender Gestank aus. So riechen normale Pferdeäpfel nicht – und so sehen sie auch nicht aus. Er hat Durchfall vor Angst.

Mit gerümpfter Nase greift Gernot nach einem Mistboy und kehrt den Haufen zusammen, während Saphirs Schweif nervös hin und her schlägt.

„Nolan ...?" Isabella packt Nolan am Hemdsärmel und zieht ihn ein paar Meter von ihren Eltern weg, in meine Richtung. „Was macht diese Roxy hier? Ich dachte, die sehen wir nie wieder!"

„Sie hilft mir beim Vorbereiten der Pferde."

„Wieso denn das?" Lydia hat damit begonnen, Saphir zu putzen, während Gernot einsatzbereit mit dem Mistboy neben Saphirs Hinterteil stehen bleibt. Er sieht nicht begeistert aus, doch wahrscheinlich ist er bereit, alles für seine Tochter zu tun – und wenn es bedeutet, Pferdedünnschiss von der Stallgasse zu kratzen.

„Weil ich mich im Moment eigentlich klonen müsste, um alles unter einen Hut zu kriegen."

„Ja, aber ..." Mit spitzem Zeigefinger deutet Isabella auf Ladys Box, und als wäre diese Bewegung zu viel für Saphir, äppelt er erneut. Hektisch tritt Gernot zurück, um keinen Spritzer abzubekommen. Lydia putzt indessen ungerührt weiter, viel zu schnell und zu grob. Saphirs Nerven und Muskeln hören gar nicht mehr auf zu zucken. „Sie? Warum ausgerechnet sie?"

„Weil sie nicht viel Geld verlangt und es mir angeboten hat." Besten Dank, Nolan, denke ich bissig, und als habe er meine Gedanken erahnt, spricht er weiter. „Und sie hat ein Händchen für Pferde."

„Ein Händchen." Isabellas Ton trieft vor Spott. „Du hast dich von ihr breitschlagen lassen, oder? – So jemand können wir hier nicht brauchen, die ist doch überhaupt nicht vertrauenswürdig und schädigt unseren Ruf! Sie hat sich neulich einfach eingemischt!"

„Ja, und sie hat es geschafft, Saphir zu beruhigen." Nolan spricht verbindlich und unaufgeregt, doch ich kann spüren, dass seine Anspannung wächst, während es Isabella völlig egal zu sein scheint, dass ich alles mithören kann. Vielleicht legt sie es sogar darauf an.

„Das war doch ein Zufallstreffer. Als ob das was aussagen würde ..."

Und wenn schon, denke ich. Dann war es eben ein Zufallstreffer im richtigen Augenblick.

„Isa?", tönt es von hinten. „Welche Trense sollen wir ihm anlegen? Kommst du mal?"

„Ja, bin gleich da. – Ich bin damit nicht einverstanden, Nolan! So, und jetzt muss ich Saphir satteln ..."

Zum dritten Mal klatschen dünnflüssige Pferdeäpfel auf den Boden. Kapieren die nicht, dass sie das auslösen? Sie verbreiten ununterbrochen Stress, das verkraftet Saphir nicht. Genauso ging es mir beim WG-Pizza-Abend letzten Freitag. Zu viele Stimmen, zu viele Wortwechsel. Ich hatte danach auch Bauchschmerzen. Ich überlege grade, ob ich ihnen die Meinung sagen soll, als Nolan zu mir in die Box huscht.

„Hi, Roxy. Sorry, hatte vergessen, dir Bescheid zu sagen. Ich reite heute erst um acht. Vorher hat Isabella ihr erstes Training mit Saphir."

„Na, dann viel Glück", erwidere ich kühl und lege den Striegel zurück in die Putzkiste. „Haben sie deshalb die Beruhigungsmittel abgesetzt?"

„Er sollte schon wach sein dafür." Nolan fährt sacht über Ladys Nasenrücken und gibt ihr ein Stück Möhre, das sie krachend zerbeißt. Im Profil sieht er ein bisschen aus wie Harry Styles, nur mit schmalerer Nase und schwarzen Augen. Ein Harry Styles in edel sozusagen. Karierte Strümpfe inklusive. Ob Isabella und er die auch nachts tragen? Und was haben diese Karos eigentlich mit dem Reiten zu tun? „Lydia hat extra einen Trainer aus den USA einfliegen lassen. Isabella hält viel von ihm. Wir brauchen dafür Ruhe, deshalb haben sie den Montag gewählt."

Von Ruhe kann keine Rede sein. Lydia und Isabella reden ohne Unterlass und auch Gernot mischt sich wieder ein. Offenbar will Saphir das Gebiss nicht ins Maul nehmen. Der wird wissen, warum.

„Und was mache ich in dieser Zeit? Kann ich zuschauen?"

„Oh, Roxy ..." Nolan senkt seinen Blick und beißt sich auf die Unterlippe. „Das ist keine gute Idee. So wenig Menschen wie möglich, das verstehst du, oder?"

„Dann können ja die Hohensteins hierbleiben. Oder eine Runde golfen gehen. Perfekt gekleidet sind sie schon dafür."

Nolan verkneift sich ein überraschtes Grinsen. „Nee, das geht echt nicht. Es ist eine Privatstunde, weißt du?"

Ich spüre, dass ich keine Chance habe, ihn vom Gegenteil zu überzeugen. Die Hohensteins haben ihn fest im Griff – und wenn die nicht da sind, hat er immer noch seinen Vater im Kreuz.

„Also bleibe ich im Stall und warte, bis ihr fertig seid? Ich wollte hier arbeiten und nicht dumm rumsitzen."

„Keine Sorge, ich hab was, was du für mich erledigen kannst. Bin gleich wieder da."

Mit einem unguten Gefühl bleibe ich bei Lady stehen. In meinem Bauch zwickt es dumpf, wie eine böse Vorahnung.

„Hier." Schon ist Nolan wieder zurück und drückt mir einen Klemmblock mit einigen Papieren und zwei kleinformatige Mappen in die Hand. „Das sind die Meldebögen für die nächsten beiden Turniere. Kannst du die Daten aus den Equidenpässen übertragen? Für mich und die Pferde? Torero geht die S-Dressur, Lady die S-Springen. Steht alles drin. Du würdest mir damit sehr helfen."

Nein, das würde es nicht. Ich weiß, es ist ein idiotensicherer Job. Ich soll die Daten nur übertragen, nicht recherchieren. Doch für mich ist es, als müsse ich im Stockdunkeln und in fremder Umgebung eine unbekannte Route gehen – und zwar ohne Navi. Abschreiben ist eine Tortur. Wörter von einem Papier ins andere zu übertragen erst recht. Formulare sind Buchstabensuppen, in denen ich rettungslos ertrinke. Jetzt ist mir nicht mehr nur flau, sondern schlecht.

„Ich weiß, du würdest lieber beim Training zusehen, aber das ... Oh, da fährt jemand auf den Hof. Das wird das Taxi von Ray sein und ich soll ihn in Empfang nehmen. – Er ist da, Isa!“ Geschickt duckt sich Nolan unter Ladys Hals hindurch und verschwindet durch die Boxentür auf die Stallgasse. „Ich schicke eine SMS, wenn du Lady fertig machen kannst, okay? Danke!“

„Scheiße“, flüstere ich, als Nolan, Isabella, ihre Eltern und ein völlig aufgelöster, nervös tänzelnder Saphir die Stallgasse verlassen haben, und lehne mich mit den Schultern an die Boxenwand, in meinen schwitzigen Händen die Formulare und Equidenpässe. „Scheiße, das packe ich nicht ...“ Mit rauschenden Ohren trete ich auf die Stallgasse, über der immer noch der beißende Geruch von Saphirs Angstdurchfall hängt. Ich kann ihn so gut verstehen ... Aber wir kommen beide aus unserer Nummer nicht raus. Er muss jetzt Isabella auf seinem Rücken ertragen und sich von einem wildfremden Guru befingern lassen und ich etwas tun, was mir noch nie gut geglückt ist, ganz egal, wie tapfer ich all die Jahre dafür geübt habe.

Meine Hände zittern, als ich mich auf einen Heuballen setze, den ersten Equidenpass öffne und versuche, die Angaben zu entziffern. Sofort purzeln die Buchstaben wild durcheinander und der Kugelschreiber schmiert, als ich ihn ansetze. L ... a ... t? T oder d? Meine Augen huschen hin und her, doch mein Gehirn weigert sich. Es kann mit Buchstaben nichts anfangen ... „D. ... Es ist ein D. L – a – d – y von ... Do ...", murmele ich konzentriert. „Do ... nner ... Donner. Donnerhall." Okay. Das muss zu schaffen sein. Und wenn es zehn Minuten dauert. Lady von Donnerhall ...

Nachdem ich die ersten drei Zeilen gelesen und ausgefüllt habe, steht mir der Schweiß auf der Stirn. Ich bin mir nicht sicher, ob alles richtig ist – und es ist schon fast eine halbe Stunde vergangen! In der Schule geht das alles besser und schneller, aber da mache ich das ja nicht für einen Nolan Hilbert, der gerade mitten in seinen Abiturvorbereitungen steckt und danach wahrscheinlich eine Elite-Uni besuchen wird. Ich kann das Wort Abitur nicht einmal schreiben! Wenn er das wüsste, dann ...

„Roxy?"

„Ich bin fast so weit, ich hab es gleich fertig, ich ..." Ist die Stunde etwa schon vorbei? Wollte Nolan nicht simsen, wenn ich Lady fertig machen soll? Und wie um Himmels willen erkläre ich ihm, dass ich erst das obere Drittel der ersten Seite ausgefüllt habe?

„Alles gut, das ist nicht so wichtig. Ich kann das später auch selbst erledigen." Er lächelt entschuldigend, als habe er mich mit dem Papierkram beleidigt. „Kannst du mal in die Halle kommen?"

„Jetzt also doch?" Hastig wische ich mir mit dem Pulliärmel den Schweiß von der Stirn. Immerhin, meine Achseln sind noch trocken. Das wäre die nächste Stressstufe gewesen. „Warum denn?"

„Wie viel wiegst du?" Prüfend schaut Nolan an mir herunter und ich erhebe mich automatisch von dem Heuballen. Es ist seltsam, auf diese Weise von ihm begutachtet zu werden – und vor allem verstehe ich nicht, was das soll.

„Äh – so um die 48 Kilo?", antworte ich trotzdem.

Er nickt zufrieden. „Das passt super. – Saphir lässt Isabella nicht aufsteigen und mich erst recht nicht. Ray meint, er hätte bisher nur Jockeys auf seinem Rücken gehabt. Deshalb wäre es gut, wenn als Erstes jemand aufsteigt, der nicht mehr als 55 Kilo wiegt. Isabella kann nicht mal den Fuß in den Steigbügel stellen, da fängt er schon an zu steigen."

„Klingt lustig", erwidere ich mit trockener Kehle. Aber es ist tausend Mal besser, als Formulare auszufüllen. Wenn es um Saphir geht, spiele ich gerne das Kanonenfutter.

„Traust du dich? Ray hilft dir hoch und hält Saphir fest."

„Ja, klar. – Aber was sagen Isabella und ihre Eltern dazu?"

„Keine Ahnung." Nolan grinst verschmitzt. „Das werden wir gleich sehen. Aber wir sollten Ray nicht länger warten lassen."

Mit jedem Schritt, den wir nebeneinander zur Halle gehen, wird mein Puls ein wenig ruhiger. Ich bin den Formularen entkommen. Nolan wird nicht herausfinden, dass ich eine Niete im Schreiben bin. Es ist ein Gefühl, als wäre ich ganz knapp einer Hinrichtung entronnen.

Doch Isabella und ihre Eltern lassen keinen Zweifel daran, dass gleich die nächste Kreuzigung auf mich wartet – und sie persönlich die Nägel einschlagen werden. Nolan bleibt gar nicht erst bei ihnen hinter der Bande stehen, sondern führt mich direkt in die Halle, wo ein stattlicher, älterer Mann mit kurzem weißem Bart Saphir am langen Strick hält und ihn langsam im Kreis führt. Halleluja, endlich ein Mensch in Jeans in diesem Stall. Darüber hat er sich Lederchaps mit Fransen gezogen, wie ein echter Cowboy. Die würden Steffen gefallen.

„Ray?", spricht Nolan ihn an, ohne auf Isabellas entsetzten Blick zu achten. „Hier ist ein Fliegengewicht. Sie würde es versuchen."

Der Mann dreht sich zu uns um und mustert mich knapp, aber nicht unfreundlich. „In Ordnung. Wie heißt du?"

„Roxy." Im Gegensatz zu Isabella scheint er trotz seines Alters keine Probleme mit den Ohren zu haben. Obwohl ich leise spreche, nickt er und winkt mich zu sich und Saphir.

„Dann komm her, Roxy."

„Was soll das, Nolan?" Saphir scheut zur Seite, doch Ray hält den Strick sicher in der Hand, ohne daran zu zerren. Isabella ist an die Bande getreten und stützt ihre Arme darauf ab, eine einzige Angriffspose. „Siehst du nicht, dass er Angst vor ihr hat?"

„Nicht vor ihr, Ma'am", antwortet der Trainer an Nolans Stelle und deutet eine Verbeugung an. „Sondern vor Ihnen. Es scheint da leider eine negative Verknüpfung zu geben."

„Wie bitte!?" Isabellas Backen werden so rot wie Lydias Blouson. Empört schnappt sie nach Luft.

„Sie dürfen das nicht persönlich nehmen", spricht Ray höflich weiter und fährt damit fort, Saphir im Kreis um mich herumzuführen, während Nolan an der Bande lehnt und die Augen nicht von uns lässt – jedoch ohne uns anzustarren. „Das kann bei solch sensiblen und klugen Pferden schnell passieren. Gerade, wenn sie von der Rennbahn kommen. Deshalb braucht er jetzt eine positive Erfahrung."

„Mit ihr?" Isabella zeigt auf mich, als sei ich ein widerwärtiges, hässliches Gewürm. „Aber sie hat doch gar keine Ahnung vom Reiten!"

„Genau deshalb, Ma'am." Wieder deutet der Trainer eine leichte Verbeugung an. Respekt, er behält die Nerven. „Sie hat keine Erwartungen, keine Hoffnungen, stellt keine Forderungen. Das spüren die Pferde. – Oder wollen Sie es doch noch einmal probieren?"

Zischelnd beginnt Lydia auf Isabella einzureden. Ich kann nicht verstehen, was sie sagt, doch Isabellas Reithose ist voller Sand, sie muss eben schon gestürzt sein – und das wahrscheinlich mehr als ein Mal. Jetzt mischt sich auch Gernot ein, nicht minder besorgt als Lydia. Ich bleibe mit hängenden Armen stehen, das Gesicht von Saphir abgewandt.

„Haben Sie sich entschieden, Frau von Hohenstein?"

Ruckartig hebt Lydia den Kopf, ihr Mund eine dunkelrote, schmale Linie. „Gut, sie soll es probieren. Aber ich möchte meine Tochter noch heute auf diesem Pferd sehen, sonst verlange ich mein Geld zurück."

Mir schießt die Hitze ins Gesicht. Ich schäme mich. Ja, ich schäme mich zutiefst dafür, wie Lydia und Gernot mit diesem Mann umspringen, der Saphir so geduldig durch die Halle führt und sich nicht aus der Ruhe bringen lässt. Sie haben nicht das Recht, ihn auf diese Weise zu erniedrigen. Niemand hat das Recht dazu, und wenn er noch so viel Geld und Titel hat! Auch Nolan zuckt leicht zusammen, weicht meinem Blick aber aus. Ray jedoch verzieht keine Miene.

„Das entscheidet das Pferd, Ma'am. – Bist du bereit, Roxy?"

Ray dreht sich zu mir um und sein breiter Rücken schirmt Isabella, Lydia und Gernot von mir ab. Es kommt mir vor, als wären nur noch er, Nolan, Saphir und ich hier – und wir sind ein gutes Gespann. Die anderen spielen keine Rolle mehr.

„Ja. Ja, ich bin bereit."

EINS, ZWEI, WIEGESCHRITT

„Okay. Jetzt hebst du deinen linken Fuß und schiebst ihn in den Steigbügel. In aller Ruhe. Wir haben Zeit."

Ich würde von mir aus die ganze Nacht mit Saphir in der Halle verbringen, obwohl es empfindlich kühl wird und ich in meinem dünnen Pulli zu frieren beginne. Doch ich weiß, dass Lydia und Gernot langsam die Geduld verlieren und Isabella an ungesagten Worten beinahe erstickt. Ray hat sie gebeten, nicht mehr zu sprechen. Nolan hat von ganz alleine seinen Mund gehalten, seitdem Ray und ich angefangen haben, zusammen mit Saphir durch die Halle zu gehen – so lange, bis er aufhörte zu äppeln und den Kopf ein wenig sacken ließ. Anschließend hat Nolan mir wortlos eine seiner alten Reitkappen gereicht und mir eine Schutzweste angezogen. Ray hat darauf bestanden, ich hätte lieber verzichtet. Die Weste engt mich ein und die Kappe drückt an der Stirn. Doch ich dulde die Schutzmaßnahmen lieber stillschweigend, denn jetzt ist der Moment gekommen. Ich soll zum ersten Mal mein Gewicht in den Steigbügel stemmen.

Ray hält Saphir an einem Knotenhalfter, obwohl er die Trense trägt und lautstark auf dem Gebiss herumkaut. Die Zügel liegen in meiner linken Hand, hängen aber durch. Beruhigend streicht Ray über Saphirs Hals. Auch ich berühre ihn noch einmal unter seiner Mähne, um ihm zu zeigen, dass ich es bin, die sich jetzt an ihm zu schaffen macht. Er bleibt stehen, wachsam und mit zuckendem Fell. Mir ist, als könnte ich seinen Herzschlag spüren, als ich mein Bein hochziehe und den Fuß in den Bügel schiebe. Ray musste mir einen Hocker hinstellen, damit ich es ohne Anstrengung tun kann. Es soll alles so entspannt wie möglich ablaufen und im Vergleich zu Saphir bin ich nun mal ziemlich klein. Ach, ich bin auch im Vergleich zu den meisten anderen Menschen ziemlich klein. Doch auch das spielt jetzt keine Rolle.

In einer gleitenden Bewegung ziehe ich mich wie in Zeitlupe am Sattel nach oben. Saphir macht sofort einen Hopser, doch Ray geht einfach mit und ich verharre nur, warte, bis er sich wieder beruhigt hat und ich den Rest meines Gewichts folgen lassen kann.

„Gut so“, ermuntert mich Ray leise. „Und jetzt hänge dich über den Sattel, ja, genau so. Und bleib. Versuch, dich zu entspannen.“

Es ist eine komische Position, als hätte man mich quer über das Pferd geworfen. Doch Saphir soll begreifen, dass etwas auf ihm ist, ohne dass er nach vorne stürzen und losrennen muss – denn das hat er gelernt. Die Jockeys wurden auf seinen Rücken geschmissen, er kam in die enge Starterbox und dann galoppierte er um sein Leben. Er weiß noch nicht, dass er auch langsam gehen darf, sobald er ein Gewicht in seinem Kreuz spürt. Und dieses Gewicht, hat mir Ray vorhin erklärt, erinnert die Pferde an Beutegreifer; Raubtiere, die sich an ihm festklammern. Ihre natürliche Reaktion ist Flüchten, Steigen, Buckeln. Bei den Rennpferden machen die Menschen sich diesen Instinkt zunutze. Sie verdienen Geld mit der Panik von Tieren. Ich kann Menschen nicht besonders gut leiden, schon gar nicht an diesem Abend. Doch ich bin auch ein Mensch, ob ich es will oder nicht, und ich muss Saphir jetzt zeigen, dass nicht alle von uns Raubtiere sind.

Also bleibe ich so weich wie möglich auf dem Sattel hängen und Ray lässt Saphir einige Schritte gehen, bringt ihn wieder zum Stehen, lässt ihn erneut antreten. Das Blut steigt in meinen Kopf, meine Ohren beginnen zu rauschen, doch ich rege mich nicht, versuche einfach nur, mit den Bewegungen mitzugehen, damit es für Saphir so angenehm wie möglich ist, diesen Sack Mensch durch die Gegend zu tragen.

Mit einem tiefen Brummen hält Ray Saphir an. „Prima, Roxy. Kannst du versuchen, dich in den Sattel zu setzen? Ich helfe dir."

Es ist ein bisschen wie am Barren oder am Reck. Nur dass das Turngerät lebendig ist, atmet und immer noch Angst hat, immer noch nicht versteht, was hier eigentlich passiert. Ray hält mit der Linken den Strick am Halfter und gibt mir mit der Rechten behutsam Hilfestellung, sodass ich mein Gewicht in aller Ruhe verlagern und mich so verschieben kann, dass meine Beine rechts und links am Sattel heruntergleiten. Nun muss ich nur noch meinen Oberkörper aufrichten. Es ist Millimeterarbeit und ich weiß, dass ich abstürze, wenn ich nur eine Sekunde lang meine Balance verliere oder Saphir einen Hopser macht.

„Jetzt langsam nach oben. Stell dich darauf ein, dass er in den Galopp fallen will. Ich hab ihn am Strick, es kann nichts passieren."

Ray hat die Situation richtig eingeschätzt – sobald mein Oberkörper in die Senkrechte geht und meine Beine herabbaumeln, macht Saphir einen Satz nach vorne, doch Ray bremst ihn sofort ab, ohne ihn jedoch zum Stehen zu bringen – und das wäre auch mein Aus gewesen. Denn Saphirs nächster Schritt bringt mir mein Gleichgewicht zurück. Wie von selbst legen sich meine Finger um die Zügel, und obwohl sie immer noch locker durchhängen, spüre ich einen hauchzarten Kontakt zu Saphirs Maul, das nach wie vor mechanisch auf dem Gebiss kaut.

„Okay?“, vergewissert sich Ray und läuft weiter, Saphir dicht neben ihm.

„Okay“, gebe ich tonlos zurück. Ich habe überhaupt keinen Halt. Die Bügel sind viel zu lang, als dass ich meine Füße hineinstecken könnte, am Zügel will ich mich nicht festklammern, und meine Jeans rutschen auf dem glatten Ledersattel. Und doch ist es das Schönste, was ich jemals erlebt habe. Saphirs Schritte sind weich, elastisch und schwungvoll zugleich, als würde ich auf einer großen Schaukel sitzen, die mich rhythmisch auf und ab wiegt. Er trägt den Kopf wieder so hoch, dass ich nach vorne fast nichts sehen kann, und seine Ohren spielen lauschend in alle Richtungen, doch ich habe nicht das Gefühl, ein unberechenbares Pferd unter mir zu haben. Er weiß nun, was hier passiert, er weiß es ganz genau – und er hat verstanden, dass er jetzt, in diesem Moment, in Sicherheit ist.

„Ich lasse ihm nun etwas mehr Raum, Roxy“, sagt Ray gelassen. „Schauen wir, wie er sich macht.“ Er lässt den Strick durch seine Hand gleiten, gibt einen, anderthalb Meter nach. Noch immer wage ich es nicht, die Zügel kürzer zu nehmen – es käme mir vor wie ein Vertrauensbruch. Wenn Saphir jetzt losrennt, dann rennt er eben. Der Sand ist weich, ich werde mich schon nicht zu Tode stürzen. Außerdem habe ich Schlimmeres erlebt, als von einem Pferd zu fallen.

Es ist, als baue Ray eine Mauer zwischen uns und den Hohensteins, die mich und Saphir abschirmt. Eigentlich sind sie gar nicht mehr da. Ich spüre ihre Blicke, aber sie können mir nichts anhaben – und Saphir entspannt sich mit jedem Schritt etwas mehr. Jetzt prustet er sogar, lässt den Kopf ein wenig herunter, als würde er sich den Sand unter seinen Hufen anschauen wollen. Ray lässt ihn gucken und schreitet auch dann nicht ein, als Saphir an der Bande zur Seite ausweicht, weil eine Katze im Gebälk hockt und sich ausführlich putzt.

„Kannst du probieren, ihn zum Stehen zu bringen? Gewicht nach hinten verlagern, Zügel annehmen?"

Eigentlich will ich nicht anhalten. Ich möchte noch Stunden auf Saphir durch die Halle getragen werden und ihm zeigen, dass er nicht rennen muss, um leben zu dürfen. Doch ich weiß auch, dass wir die Hohensteins gerade überstrapazieren und es sich nur noch um Minuten handeln kann, bis sie dazwischengehen. Denn das, was ich jetzt gerade tue, wenn auch gesichert am Führstrick, sollte eigentlich Isabella machen. Schweren Herzens umschließe ich die Zügel etwas fester, lasse mich schwer werden und ziehe sie minimal in meine Richtung, nur einen Hauch. Saphir reagiert sofort und so fein, dass ich überrascht auflache. Ohne dass Ray den Strick annehmen muss, bleibt er stehen und wendet den Kopf nach hinten, um an meinem Fuß zu schnuppern.

„Sehr gut. Braver Junge." Ray nähert sich uns wieder, streicht Saphir noch einmal über den Hals und blickt dann fragend zu mir hoch. „Es ist wie beim Fliegen, Start und Landung sind am kritischsten. Keine schnellen Bewegungen, lass ihn spüren, was du vorhast. Ich bin bei euch."

Ohne zu antworten, versuche ich Saphir über meine Gedanken mitzuteilen, was ich nun tun werde, schwinge im Zeitlupentempo meine Beine über seinen Rücken und kann gerade noch in den Sand gleiten, bevor er einen seiner typischen Hasensprünge macht. Doch ich bin sicher auf beiden Füßen aufgekommen und Saphir beruhigt sich rasch. Ich glaube, er wollte nur sehen, was da eben auf seinem Rücken passiert ist.

„Danke, Roxy." Ich erröte, als Ray eine seiner angedeuteten Verbeugungen in meine Richtung macht; so etwas bin ich nicht gewöhnt. Und es wird mir wahrscheinlich auch nicht so schnell wieder passieren – wie alles an diesem Abend. Meine Oberschenkel zittern leicht, als ich zu Nolan an die Bande gehe und dort so leise wie möglich die Verschlüsse der Weste öffne. Ich kann es kaum erwarten, mich von ihr und der Kappe zu befreien, doch auf der anderen Seite bin ich traurig, dass es schon vorbei ist.

„Sie kann jetzt gehen!“, ergreift Lydia herrisch das Wort. „Wir haben genug gesehen.“ Gernot nickt zustimmend.

„Nein, ich finde, sie sollte bleiben. Roxy hat für uns den Crash Test Dummie gemacht und jetzt darf sie auch bis zum Ende der Stunde zusehen.“

Erstaunt gucke ich Nolan an und auch Lydias Blicke wandern zu ihm. Sie sieht aus, als würde sie zu Eis gefrieren. Alles in ihrem Gesicht wird starr. Isabella hingegen wirkt fast verzweifelt – und ängstlich.

„Es ist Isabellas Stunde, Nolan. Wir entscheiden, wer dabei zusieht und wer nicht. Das Mädchen muss ja auch sicher – nach Hause.“ Das „nach Hause“ klingt so vieldeutig, dass ich Mühe habe, mich nicht daran aufzureiben. Alleine Saphir zuliebe bleibe ich ruhig. Die Hohensteins wissen also, wo ich wohne – wie wahrscheinlich inzwischen alle im Privatstall.

„Für das Pferd wäre es gut, wenn die junge Dame bleibt“, mischt sich Ray in den Wortwechsel ein – immer noch freundlich, aber reserviert.

„Ja, klar bleibe ich!“, ruft Isabella. Ihre Stimme scheppert. Sie scheint wirklich Angst zu haben vor dem, was jetzt kommt.

„Ich meine Roxy.“

Nun könnte man aus Lydias Blicken Iglus bauen. Doch bevor sie etwas erwidern kann, spricht Ray weiter.

„Darf ich fragen, was Sie mit diesem Pferd vorhaben?"

Gernot räuspert sich vernehmlich, während Saphir vertrauensvoll an Rays Jeansjacke zu schnüffeln beginnt. Er hat sich schräg hinter ihn gestellt, als wäre das ein sicherer Ort. Ist es wahrscheinlich auch.

„Dressur – und vielleicht ein paar Sprünge, wenn er dazu Talent hat. Er sollte in einem Jahr die ersten Turniere gehen können."

„Dieses Pferd ist ein Vollblut-Araber."

„Das weiß ich!", gibt Isabella leicht beleidigt zurück, als würde Ray sie angreifen. „Es gibt viele Vollblüter, die Dressur-Turniere bestreiten, das geht schon!"

„Dass es geht, bedeutet nicht, dass es gut für ihn ist." Ich hänge an Rays Lippen. Was für die Hohensteins Gift ist, verpackt in Worten, ist für mich so spannend, dass ich nichts verpassen möchte. „Diese Pferde sind zum Laufen geboren, für ausgedehnte, entspannte Geländeritte, und wenn er mit zwei schon angeritten wurde, hat er nie eine richtige Sozialisierung in der Herde erfahren. Im Dressurviereck bekommt er nicht das, was er braucht. Zeit, Geduld, eine Pferdefamilie."

„Wir haben Sie nicht um Ihre Meinung gefragt, Ray." Lydia steht auf und zieht geräuschvoll den Reißverschluss ihres Blousons hoch. „Wir haben Sie hierherbestellt, weil es heißt, dass Sie jedes Pferd reitbar machen können, und genau das wollten wir. Dass dieses Tier geritten werden kann."

„Das kann es auch, Ma'am. Wenn es mal Vertrauen gefasst hat, kann es seinen Menschen durch dick und dünn tragen. Aber noch ist es nicht so weit. Und ich sehe es als meine Verpflichtung, Sie vor Ihren Plänen zu warnen. Alles andere wäre unterlassene Hilfeleistung."

„Wir brauchen Ihre Warnungen nicht." Nun ist auch Gernot aufgestanden, während Isabella sich eine Träne aus dem Augenwinkel wischt. „Meine Tochter wird dieses Tier reiten, und zwar im Dressurviereck. Wir haben hier hervorragende Trainer, die haben schon manch anderem Pferd die Flausen ausgetrieben."

„Oh, Saphir hat keine Flausen. Der Junge ist vollkommen klar im Kopf. Ich glaube nur, dass er nicht das geeignete Pferd für Ihre Tochter und Ihre Pläne ist." Jetzt muss sogar ich schlucken. Ray traut sich was – und Isabella kann ihre Tränen nicht mehr zurückhalten. Was die ganze Zeit unausgesprochen in der Halle hing, ist spätestens jetzt jedem klar. Isabella wird heute nicht mehr auf Saphir sitzen. Ray wird es nicht zulassen – nicht, solange er hier ist. Und deshalb wird er verschwinden müssen.

„Verlassen Sie bitte unseren Hof. Sofort."

„Natürlich, Ma'am. Auf Wiedersehen." Rays Worte sind frei von Ironie oder Spott. Ein letztes Mal fährt er mit der Hand über Saphirs Fell, dann läuft er an Nolan und mir vorbei zum Ausgang. Seine Schritte sind schleppend, jetzt erst realisiere ich, wie alt er schon ist. Ich möchte mich an seinen Arm hängen und ihn bitten, zu bleiben, und auch Saphir schaut ihm mit großen Augen nach, als verstehe er nicht, wieso der menschliche Freund, den er gerade gewonnen hatte, schon wieder gehen muss.

„Danke für Ihre Mühe", murmelt Nolan und Ray nickt ihm stumm zu. Auf meiner Höhe bleibt er kurz stehen und legt mir für eine Sekunde seine schwere, warme Hand auf die Schulter. „Bleib an dem Pferd dran, Mädchen", raunt er mir ins Ohr, so leise, dass nicht einmal Nolan es hören kann. Ich bin nicht imstande zu antworten. Alles, was ab jetzt geschieht, tut weh.

Es tut weh, zu sehen, wie Saphir verloren in der Halle steht und sich um sich selbst zu drehen beginnt, als suche er nach Fluchtmöglichkeiten, und es tut weh, von Nolan aufgefordert zu werden, ihn mit den Hohensteins alleine zu lassen, weil sie etwas zu besprechen hätten, ohne mich. Es tut weh, zu wissen, dass dieses kurze Zusammensein von Saphir und mir einmalig war und sich niemals wiederholen wird.

Auf dem Strohballen in der Stallgasse liegen immer noch das Klemmbrett mit den Anmeldungen und die Equidenpässe. Ich ignoriere sie und fange wie betäubt damit an, Ladys Hufe auszukratzen und sie zu satteln. Als sie fertig ist, setze ich mich wieder auf den Strohballen, ohne zu wissen, was ich jetzt tun soll. Es ist spät geworden, der letzte Bus ist längst gefahren. Wenn ich Pech habe, ist Steffen so sauer, dass ich nie wieder hierherkommen darf. Aber will ich das überhaupt noch? Möchte ich, dass weiterhin so mit mir umgegangen wird? Mit mir und mit Saphir? Denn die Hohensteins werden sich Rays Worte nicht zu Herzen nehmen ...

„Roxy?" Ich habe gar nicht gemerkt, dass ich meinen Kopf auf meine Knie gelegt habe. Er ist so schwer, dass ich ihn kaum anheben kann. „Alles okay mit dir?"

Ich nicke. Es ist eine Lüge, aber was soll ich Nolan anderes sagen? Im Zweifelsfall hält er zu ihnen – und ich bin ein Zweifelsfall.

„Das war gut eben. Richtig gut." Fragend blinzele ich ihn an. Ich kann meine Augen nur noch mit Mühe offen halten. „Ich mein das ernst. Du warst mutig."

„Ich hatte keine Angst."

„Ja, das hab ich gesehen. Kompliment." Nolan räuspert sich. „Würde es dir was ausmachen, Lady wieder abzusatteln? Ich werde heute nicht mehr trainieren. Isabella braucht mich jetzt, sie ist ziemlich fertig."

„Nein, macht mir nichts aus.“ Schon wieder lüge ich. Es macht mir etwas aus. Ich fühle mich benutzt, obwohl ich weiß, dass er sich nicht wohl dabei fühlt, mich heute Abend derart herumzuschicken.

„Ist nicht leicht für sie. Sie hat sich so sehr ein Vollblut gewünscht, das war immer ihr großer Traum.“

„Ist schon okay. Worauf wartest du noch?“ Ohne ihn anzuschauen, gehe ich an ihm vorbei zu Lady und beginne, den Sattelgurt zu lösen.

„Gut, dann – bis Donnerstag. Mach's gut, Roxy.“

Ich verzichte auf einen Gruß, Nolan ist sowieso schon auf dem Weg nach draußen. Als ich in der Sattelkammer bin, bringt Lydia Saphir zurück in die Box. Ich nutze die Gelegenheit, um mich in der leeren Box neben den Spinden zu verstecken, bis die Hohensteins gegangen sind und ich mir sicher sein kann, weder ihnen noch Isabella zu begegnen.

Sie haben Saphir noch eine Portion Heu gegeben, die er nun frisst, und ich lasse mich neben seiner Box auf den Boden nieder und höre dem Malmen seines Kiefers zu. Draußen hat es zu regnen begonnen. Die Abflussrohre gurgeln und schwere Tropfen prasseln auf das Dach. Ich hab das Gefühl, keinen einzigen Schritt mehr laufen zu können. Zum ersten Mal, seitdem ich mein Handy bekommen habe, wähle ich Steffens Nummer. Schon beim zweiten Signalton nimmt er ab.

„Escher?“ Ich kann seinen Klang nicht deuten. Wird er jetzt mit mir herumschreien? „Hallo?“

„Hi, hier ist Roxy.“ Ich warte einen Moment. Keine Reaktion. „Kannst du mich abholen? Bitte? Der letzte Bus ist weg und ich ... ich ...“ Meine Stimme fängt an zu zittern.

„Ich bin in zehn Minuten da. Bis gleich.“

Steffen hält Wort. Nach exakt zehn Minuten höre ich Moses' Pfoten über den Boden tapsen, dann folgen Steffens markante Schritte. Ich schaue erst auf, als seine Stiefelspitzen vor mir auftauchen. Ich kann mich kaum mehr bewegen. Selbst das Sprechen ist anstrengend.

„Bringst du mich nach Hause?“

Früher hätte ich mich geweigert, den Quellenhof so zu nennen. Aber jetzt will ich dort sein und er ist das einzige Zuhause, das ich habe.

„Mensch, Fledermaus ...“ Steffen geht vor mir in die Hocke, während Moses hinter ihm an den Boxen schnüffelt. „Es ist hart, oder?“

„Sie kapieren nicht, dass er Angst hat. Sie sehen es einfach nicht! Er braucht doch nur Zeit und ... jemanden, dem er vertrauen kann ...“

„Sprichst du von dem hier?“ Steffen richtet sich wieder auf und lugt zu Saphir hinein, der uns den Hintern zudreht und müde sein Heu kaut.

„Ja. Das ist Saphir."

„Wow, hat der lange Beine." Ich bin so froh, dass Steffen mir keinen Ärger macht. Er muss sich um mich gesorgt haben, aber er fragt nicht, was geschehen ist. Und das ist alles, was ich jetzt brauche. Jemanden, der keine Fragen stellt und trotzdem bei mir ist. „Was für ein schönes Tier."

„Er ist vor allem innen schön. Aber das sehen sie nicht. Sie denken, er will Ärger machen und dass er Flausen im Kopf hat."

„Ja, das ist nicht immer leicht zu erkennen. Nicht jeder kann das. Manche schaffen es ihr ganzes Leben lang nicht."

Still stehen wir nebeneinander vor der Box und schauen Saphir beim Fressen zu. Doch, ich will wiederkommen – und ich werde wiederkommen. So schnell kriegen die mich nicht klein.

„Lass uns heimfahren, Roxy. Es ist spät."

Wir reden kein Wort mehr. Im Radio läuft „Erkläre mir die Liebe" von Philipp Poisel, und Steffen dreht den Song so laut, dass die Boxen in den Autotüren zu wummern beginnen.

„Wie zwei Köter unterm Himmel immer weiter durch die Nacht ... So verloren, so verschieden, weißt du eigentlich, was du willst?"

Ich schließe die Augen und lasse mich von dem Beat

wegtragen, bis ich wieder auf Saphir sitze und seine weichen, schwungvollen Bewegungen unter mir spüre ... dieses unvergleichliche Gefühl erlebe, etwas für jemanden zu tun, der mich trägt – während ich nichts von ihm erwarte.

Nolan hat uns keine Sekunde aus den Augen gelassen. Als würde sein Leben davon abhängen, ob ich oben bleibe oder herunterfalle.

Aber ich bin nicht gestürzt.

„Wann kommst du mich holen ... im heißen Julischnee ...“

Als ich ins Bett krieche, hab ich den Song immer noch in meinen Ohren. Kurz bevor ich einschlafe, höre ich, wie die Tür klappt und Pfoten über den Boden tapsen. Steffen hat Moses zu mir gelassen. Wie am ersten Abend, als ich hier war, verwildert, hungrig und krank.

Meinen Arm um seinen breiten, warmen Nacken geschlungen, falle ich in schwere, tiefe Träume, die mich weit, weit weg führen, bis ich wieder vier Beine habe und zusammen mit meiner Herde über eine weite, endlose Ebene presche, Wind in meiner Mähne und mit einem Herzen aus Feuer.

Ich bin endlich zurück zu Hause.

FATHER FIGURE

„Ich kann euch hören ...“, flüstere ich und greife nach dem nächsten nassen Unterhemd, um es auszuschütteln und auf die Leine zu hängen. Wie zum Trotz werden die Stimmen von Steffen und Diana lauter. Selbst wenn ich es versuchen würde – ich kann sie nicht ignorieren. Denn es geht um mich. Diana möchte, dass ich aufhöre, für Nolan zu arbeiten. Sie hat mitgekriegt, dass ich letzte Woche zu spät nach Hause kam und Steffen mich abholen musste. Vielleicht haben Clemens und Larissa gepetzt, vielleicht hat Steffen es ihr auch selbst erzählt. Er mag keine Geheimniskrämerei.

„Du lässt ihr zu viel durchgehen! Und sie spielt es aus. Sie weiß, dass sie dich um ihren kleinen Finger wickeln kann ...“

„Ach, das ist doch Käse.“ Steffen klingt gereizt. „Endlich gibt es etwas, wofür sie sich interessiert – Mensch, die ganzen Wochen vorher saß sie immer nur in ihrem Zimmer und hat ferngesehen oder ist durch den Flur gewandert, manchmal die ganze Nacht lang!“ Oh. Steffen weiß davon? Ich hatte mich immer bemüht, leise zu sein. „Und offenbar hat sie Talent im Umgang mit Pferden, das hat ja auch Frau Klamm zumindest gesagt. Außerdem beteiligt sie sich neuerdings an den Pizza-Essen und den Ausflügen. Das wolltest du doch die ganze Zeit erreichen – und nun beschwerst du dich?“

„Steffen, darum geht es mir nicht. Richtig, sie versucht, sich zu integrieren, ja, das ist ein Fortschritt. Sehe ich auch so, da bin ich ganz bei dir.“ Bah, dieser betuliche Tonfall. Selbst durch die Wand kann ich ihn nicht ertragen. Sie redet mit Steffen wie mit einem Kind! Er ist ein erwachsener Mann und dazu noch fünf Jahre älter als sie – und in punkto Lebenserfahrung ist er ihr sowieso haushoch überlegen. „Aber du unterschätzt sie.“

„Ich unterschätze sie überhaupt nicht. Sonst würde ich sie niemals in diesen Stall gehen lassen. Ich tue das, weil sie tough genug ist, um sich dort durchzubeißen, denn leicht ist das nicht für sie!“

„Siehst du, schon wieder lobst du sie ... Ich sage dir, sie reizt das aus! Die Kleine ist raffiniert.“

„Würdest du das auch sagen, wenn du nicht wüsstest, woher sie kommt? Und in was für ein Umfeld sie hineingeboren wurde? Bist du sicher, dass deine Einschätzung frei von Vorurteilen ist?“ Jetzt möchte ich am liebsten mein Ohr an die Wand pressen. Steffen ist in die Gegenoffensive gegangen – und seine Argumente lösen ein angespanntes Schweigen aus. Er nutzt es nach wenigen Sekunden, um weiterzusprechen. „Roxy fängt an, sich mir zu öffnen. Ich hab sie abgeholt, weil sie mich das erste Mal von sich aus um Hilfe gebeten hat. Das wäre vor Wochen undenkbar gewesen, sie hat alles mit sich selbst ausgemacht und niemanden an sich herangelassen. Wieso freust du dich nicht darüber?"

Ich weiß nicht, ob mir Steffens Worte gefallen. Es ist, als würde ich plötzlich splitternackt in der Waschküche stehen und die beiden würden mich durch eine Glasscheibe betrachten und bewerten. Ja, stimmt, ich hab ihn um Hilfe gebeten und ihm in diesem Moment vertraut. Aber das heißt noch lange nicht, dass er in meine Seele schauen kann.

„Weil du Grenzen vermischst, Steffen. Du darfst keine Emotionen für sie entwickeln. Du bist nicht ihr Vater!"

„Nein, bin ich nicht", gibt Steffen scharf zurück. „Aber ich könnte es ja werden."

Klappernd fällt die Wäscheklammer aus meiner Hand zu Boden. Ich bin zu überrumpelt, um mich zu bücken und sie aufzuheben. Habe ich das eben richtig verstanden?

„Wie bitte? Du willst ihr Vater werden!? Verdammt, Steffen, das kannst du nicht bringen!“

„Das kann ich schon.“

„Du bist ihr Betreuer und sie ist schon fünfzehn!“

„Na und? Man kann auch ein fünfzehnjähriges Kind adoptieren, und wenn ich das tue, dann gibt es keinen Interessenskonflikt mehr. Oder?“

Oh doch, diesen Interessenskonflikt gibt es, denn ich ... ich will keine Familie mehr, das hab ich Steffen laut und deutlich gesagt! Kein neuer Versuch, nicht schon wieder vom Regen in die Traufe. Ich habe mich gerade damit arrangiert, mit Larissa und Clemens eine WG zu teilen, in der ich mich fühle wie eine Gefangene, und ich kann das auch noch durchhalten, bis ich achtzehn bin und ... ja, und was dann? Was soll ich tun, wenn ich mit der Schule fertig bin? In einer Behindertenwerkstatt arbeiten, weil ich für alle anderen Jobs schon an der Bewerbung scheitere? Trotzdem, ich will Steffen nicht als Vater haben. Denn ich mag ihn ... und er kann auch Mist bauen, wie die anderen ... und dann geht wieder alles von vorne los. Das packe ich nicht noch einmal, egal, wie alt ich bin. Hektisch knülle ich den Rest der nassen Wäsche in den Trockner, obwohl ich anschließend wieder eingelaufene Shirts haben werde, schalte ihn an und renne so leise wie möglich die Treppe hoch.

Meine Kehle ist so trocken, dass ich husten muss. Ich brauche etwas zu trinken, am besten etwas Eiskaltes. Denn mein Kopf glüht, als hätte ich eine ganze Staffel Walking Death am Stück geschaut. In der Küche sitzt Larissa am Tisch, vor sich einen Stapel mit Prospekten und Katalogen, in denen sie gelangweilt blättert. Als ich hereinkomme, hellt sich ihr Blick auf. Sofort werde ich stutzig. So kenne ich sie nicht.

„Hey."

„Hi, Roxy. – Stimmt das, du arbeitest für Nolan Hilbert?"

Meine Hand zittert leicht, als ich ein Glas aus dem Regal ziehe. „Ja, stimmt", antworte ich gleichgültig, obwohl ein Sturm in mir tobt. Steffen hat das mit dem Adoptieren bestimmt aus dem Affekt heraus gesagt, als Provokation, anders kann er das nicht gemeint haben. Er kennt mich doch gar nicht. Wie kann er mich nach so kurzer Zeit als Tochter haben wollen? Ja, wahrscheinlich hat er nur Diana mundtot machen wollen.

„Dann komm mal her, setz dich." Oh nein, nicht jetzt. Argwöhnisch drehe ich mich zu Larissa um. Mit ihren langen, dunkellila lackierten Fingernägeln tippt sie auf einen der Kataloge. „Guck mal ... Das ist er doch, oder?"

Verdammt, ja, das ist er. Ich erkenne Nolan schon von der Spüle aus und meine Beine laufen wie von selbst zum Tisch, obwohl ich auch das Mädchen neben ihm sofort zuordnen kann. Isabella. Das Traumpaar des Gestüts als Model-Duo für den neuesten Prospekt von „Rider's Dreams", Lydias Nobel-Reitausstatter-Laden.

„Ja, das ist Nolan." Was haben sie nur mit seinen Haaren gemacht? Sie liegen eng an seinem Kopf, in viel zu gleichmäßigen Wellen, und er trägt einen akkuraten Scheitel. Anscheinend hat sich Isabellas Stylist an ihm zu schaffen gemacht. Er sieht aus wie ein Adeliger, der gleich zur Fuchsjagd aufbrechen möchte. Wenn er in dieser Lodenjacke zum Stall kommt, muss ich ihm in den Rücken schießen. „Oh je ..."

Auch auf den anderen Fotos haben sie ihm die Haare an den Kopf gepappt und schrecklich spießige Klamotten angezogen. Das absolute No-Go ist eine Aufnahme, die ihn und Isabella zeigt, wie sie mit einem Pferd im Hintergrund auf einem Heuballen sitzen und eine Espresso-Tasse in der Hand halten, zwischen ihnen ein gelangweilt glotzender Terrier. Ich muss beinahe lachen, wenn die Bilder mir nicht entgegenschreien würden, was ich immer wieder vergesse. Ich habe zwar einen Schlüssel zum Stall, doch das bedeutet nicht, dass ich jemals Zutritt zu ihrer Welt haben werde.

„Der ist echt hübsch", murmelt Larissa anerkennend. „Und so schön schlank ..." Da ist sie wieder, ihre ewige Vorliebe für magere Menschen, allen Therapien zum Trotz. Nolan ist wirklich sehr schmal, aber ich hab gestern sehen können, dass sein Rücken und seine Arme ziemlich muskulös sind, als er im Poloshirt den Sattel von Ladys Rücken gezogen hat. Und die Pferde freuen sich wahrscheinlich über jedes Kilo weniger auf ihrem Rücken. Aber hübsch finde ich ihn auf diesen Bildern nicht. Er kommt viel zu geschniegelt rüber. Wenn seine Haare mal wieder einen auf Harry Styles machen, mag ich ihn lieber. Und im Vergleich zu diesem „Wir gehen zur Jagd und danach trinken wir Tee im Salon"-Dress wirken seine Reitklamotten beinahe rebellisch.

„Wie ist der so? Nett? Hast du viel mit ihm zu tun?"

Da ich nicht weiß, welche Frage Larissa am wichtigsten ist, fange ich mit der letzten an. „Nee, nicht wirklich. Ich mache seine Pferde fertig und währenddessen reitet er. Sehe ihn immer nur ein paar Minuten."

„Oh. Na dann. Aber ist er nett?" Also umgekehrte Fragen-Reihenfolge.

„Geht so."

„Geht so? Nun sag schon! Wie ist er?"

Früher bin ich spätestens jetzt aus einer Gesprächsrunde ausgestiegen. Das hier ist zwar keine aufgezwungene Gesprächsrunde, aber Larissas penetrante Art löst wieder einmal weißes Rauschen in meinem Kopf aus. Trotzdem bleibe ich, denn ich kann jede Ablenkung gebrauchen. „Höflich. Bisschen auf Distanz. Eher ruhig."

„Aha." Larissa kann damit offenbar nichts anfangen. Ich eigentlich auch nicht. Es ist schwer, jemanden zu beschreiben, den man nicht kennt. „Und sie?" Sie deutet auf Isabella, die auf dem Foto in die Kamera lächelt, als könnte sie kein Wässerchen trüben. „Wie ist sie so?"

„Nicht so nett. Weder zu Menschen noch zu ihrem Pferd."

Das waren zwei ganze Sätze. Ob sie damit zufrieden ist?

„Warte, ich google sie mal ..." Oh je. Ich hätte es bei einem Satz belassen sollen. Doch Larissa hat schon das Handy gezückt. „Ah, hier ist ihr Facebook-Profil. Isabella von Hohenstein. In Klammern Isa", liest sie vor. „2455 Freunde. Wow."

Ich lache dumpf auf. Kein Mensch kann so viele Freunde haben. Selbst 24 wären schon viele – zumindest für mich. Es wären nämlich 24 mehr, als ich jetzt habe. Deshalb bin ich gar nicht erst auf Facebook.

„Ist das ihr Pferd?" Larissa schiebt das Handy vor meine Nase – keine Chance, wegzuschauen. Hallo, Saphir, denke ich mit einem schweren Gefühl im Bauch. Ja, das ist Saphir zusammen mit Isabella. Das Foto muss entstanden sein, als er unter Beruhigungsmitteln stand. Ein Ohr ist nach hinten gerichtet, das andere nach vorne, doch seine Augen wirken stumpf und leer. Isabella hingegen strahlt gewinnend in die Kamera. Darunter steht: „Soooo verliebt. Ich werde immer für dich da sein, mein Schatz."

„Mir wird gleich schlecht", brumme ich und schiebe das Handy weg. In welchem Puderzuckerland ist die denn hopsgegangen? Sie war bisher kein einziges Mal wirklich für Saphir da. Aber auf Facebook wird einen auf große Liebe gemacht. Ob sie das mit Nolan auch so handhabt, Fotos als Beweise, wie glücklich sie zusammen sind? Ich will es gar nicht wissen.

„Boah, die und Nolan waren an Ostern zusammen im Urlaub in der Provence ... was für ein Strandhaus, Roxy, das musst du sehen ..."

„Nein, muss ich nicht." Die Gesprächsrunde ist vorüber, für die nächste Zeit bin ich bedient. „Mich interessieren die Pferde, nicht ihre Besitzer", setze ich etwas freundlicher hinterher, als Larissa verwundert zu mir hochschaut. „Nolan ist mir egal und Isabella erst recht."

Doch Saphir ist mir nicht egal. Das Bild von ihm und Isabella verfolgt mich auch dann noch, als ich im Bett liege und einzuschlafen versuche, genauso wie Steffens seltsame Andeutungen, er könnte mein Vater werden. Habe ich dabei eigentlich ein Wort mitzureden? Bei meinen Pflegefamilien hatte ich das nicht, ich wurde ihnen einfach zugeteilt. Aber jetzt bin ich älter, ich bin nicht mehr so stumm und still wie früher – ich muss gefragt werden und Nein sagen können!

Saphir konnte nicht Nein sagen. Da war ein Mädchen, das unbedingt ein Vollblut von der Rennbahn haben wollte, zum Angeben auf Facebook und weil es irgendeinem rosaroten Traum nachhängt, und weil das nötige Kleingeld da ist, wird dieses Pferd gesucht und gekauft. Niemanden interessiert es, was das Pferd möchte, was ihm guttut. Es versucht, ihnen zu sagen, was es braucht, aber sie hören ihm nicht zu.

Würde Steffen mir zuhören, wenn ich mit ihm darüber sprechen würde, was ich in der Waschküche gehört habe? Würde er mein „Nein" hinnehmen oder würde ich dann mein Zimmer im Quellenhof verlieren? Würde sich etwas zwischen uns ändern?

Es dauert Stunden, bis ich einschlafen kann. Doch in dieser Nacht laufe ich nicht im Flur auf und ab. Ich liege regungslos auf meiner Matratze, die Fäuste geballt, als hätte mich jemand mit Stricken an ihr fixiert, und mein Kiefer schmerzt, weil ich ständig meine Zähne aufeinanderpresse.

Egal, wo ich hinschaue: Ich bin immer noch nicht frei. Ich darf nur ab und zu eine Welt besuchen, in der ich niemals zu Hause sein werde – und erst recht nicht zu Hause sein will.

Doch ansonsten hat sich nichts geändert.

LADYLIKE

„Wie siehst du denn aus?“ Meine Augen wissen gar nicht, woran sie sich orientieren wollen. An Nolan ist fast alles anders, als ich es kenne – und es radiert sämtliche Gedanken aus meinem Kopf, die mich eben noch beschäftigt haben, während ich neben Saphirs Box stand und ihm beim Fressen Gesellschaft geleistet habe.

„Normal?“, entgegnet Nolan mit einem fragenden Schmunzeln und hebt die Hände, als würde er seine Unschuld beteuern.

„Ja, aber ...“ Hat er mir abgesagt und ich habe es nicht mitbekommen? Ich habe nicht auf mein Handy geschaut. „Du trägst keine Reitklamotten.“

„Ich bekenne mich schuldig.“ Sein Schmunzeln wird zu einem Grinsen, doch als er näher kommt, sehe ich, dass er hinkt. Er scheint Schwierigkeiten zu haben, sein linkes Bein richtig zu beugen. Doch das blende ich erst mal aus. Mein Gehirn ist immer noch damit zugange, die neuen Eindrücke zu sortieren.

In seinen Jeans und dem dunkelblauen, dünnen V-Pullover, unter dessen Ausschnitt ein hellblaues Hemd herausblitzt, wirkt Nolan zwar immer noch wie aus einem Katalog für Nobel-Mode entsprungen, doch vollkommen anders als in seinen Reitsachen und diesem grauenvollen Loden- und Tweed-Kram aus Lydias Boutique. Seine Sneakers sehen ebenfalls teuer aus, scheinen aber schon öfter durch eine Stallgasse gelaufen zu sein. Keine Ahnung, was Nolan in diesem Aufzug vorhat – Reiten kann es jedenfalls nicht sein.

„Ich dachte schon, du schläfst in deinen Karosocken", versuche ich mein Starren zu überspielen.

„Mann, ich muss die tragen ..." Beinahe entschuldigend hebt er die Schultern. „Toll finde ich das auch nicht."

„Die Socken sind gerade noch okay. Aber solltest du mal in dem grünen Lodensakko in den Stall kommen, muss ich dir leider kündigen."

Nolan lacht leise auf und fährt sich mit der Linken durch seine Haare, während er mich fragend anschaut, ohne etwas zu erwidern.

„Was ist mit deinem Bein passiert? Bist du beim Espressotrinken gestürzt?"

„Okay, du hast den neuen Prospekt von Lydia gesehen ..." Er senkt seine Wimpern, doch sein Grinsen bleibt. „Na klasse."

„Yep. Ich und meine Mitbewohnerin. Sie mag deine Hühnerbrust. – Sie ist magersüchtig, das hat nichts zu bedeuten."

Nolan lacht erneut, wieder unterdrückt und kaum hörbar, als sei es ihm nicht erlaubt, auf meine Scherze zu reagieren. Dabei ist es selten genug, dass ich welche mache.

„Heute also kein Training?" Besser ich spreche es aus, bevor er mir einen Korb gibt. Denn so fühlt sich das für mich an, wenn ich nicht mit den Pferden zusammen sein kann. Als würde ich einen Korb bekommen.

„Mein Knie macht Probleme. Alte Kriegsverletzung. Muss eine Woche, pausieren." Sofort ist meine gute Laune dahin. Eine Woche ohne dass ich Saphir sehen kann? „Aber Longieren geht."

„Dafür müssen die Pferde nicht gesattelt werden", stelle ich möglichst unberührt fest. Sie müssen streng genommen nicht einmal geputzt werden. „Wieso hast du mir nicht abgesagt?"

„Na, helfen kannst du mir trotzdem. Außerdem ..." Nolan hält inne, als wollte er noch einmal überlegen, ob er das, was ihm auf der Zunge liegt, auch wirklich aussprechen soll. „Hm." Prüfend mustert er seine Hände. „Was hältst du davon, wenn du dich mal auf Jakob setzt? An der Longe? Ich würde gerne sehen, wie du dich machst."

„Nichts“, erwidere ich reserviert und Nolans schwarzbraune Augen blicken erstaunt auf.

„Nichts? He, Jakob lass ich nicht mal von Isa reiten!“

„Wieso nicht?“

„Weil ... sie ... Na ja, sie ist manchmal ... etwas angespannt und unsicher.“

„Du meinst hektisch“, spreche ich aus, was ich denke. Denn dass Jakob ein Sensibelchen ist, habe ich schon bei meinem ersten Dienst im Stall gemerkt. So gelassen und erfahren er sich in der Halle und unter Nolans Hilfen auch gibt, so empfindlich reagiert er beim Satteln und Trensen.

„Wieso willst du ihn nicht reiten?“, ignoriert Nolan meine Spitze.

„Ich kann nicht reiten!“

„Na, deshalb ja eine Longenstunde. So fängt jeder an. Reizt dich das nicht?“

„Nicht besonders. Wir könnten stattdessen Saphir in der Halle frei laufen lassen.“ Natürlich reizt es mich, auf Jakob zu reiten. Zwar nicht so sehr, dass ich dafür bezahlen würde, aber es ist ein verlockendes Angebot. Doch viel lieber würde ich Saphir dabei zusehen, wie er in der Halle nach Herzenslust toben kann. Seit unserer ersten Begegnung habe ich ihn nicht mehr galoppieren sehen und ich vermisse es.

„Nee, das geht nicht.“ Nolan schüttelt nachdrücklich

den Kopf. „Er ist Isas Pferd, den kann ich nicht einfach so aus der Box holen. Wenn etwas passiert, bin ich dafür verantwortlich."

„Was soll denn schon passieren?"

„Na, er könnte sich verletzen!" Als hätte er vergessen, dass das eigentlich mein Job ist, schiebt Nolan die Tür zu Ladys Box auf und legt ihr routiniert das Halfter um.

„Wieso denn das? Er ist ein Pferd, Laufen liegt in seiner Natur, oder?"

„Ja, schon, aber ... Es ist zu riskant. Wenn er gegen die Bande knallt oder stürzt, dann ... Ich will mir das gar nicht ausmalen."

„Ihr habt null Vertrauen in ihn, oder? Weißt du nicht mehr, was Ray gesagt hat? Dass er ein Pferd ist, das laufen muss, sich bewegen muss? Ihr habt Koppeln da draußen! Und ihr sperrt ihn Tag und Nacht ein!"

„Die Koppeln sind nur für die Zuchtstuten und ihre Fohlen da. Nicht für die Turnierpferde. Das ist viel zu gefährlich."

„Für euch, oder? Weil es sein könnte, dass sie sich was tun und ihr dann keine Schleifchen für eure Streber-Pinnwand abholen könnt?"

„Mein letzter Gewinn war ein Auto."

„Ziemlich blöd, wenn man noch keinen Führerschein hat, was?"

Seufzend dreht Nolan sich zu mir um. Er wirkt ratlos,

nicht sauer, obwohl ich ihn ständig attackiere. „Ich krieg das hier gerade nicht auf die Reihe, Roxy. Ich biete dir an, mein Pferd zu reiten, und du sagst Nein und fängst stattdessen eine Diskussion über Pferdehaltung an? Mann, du bist doch vollkommen verrückt nach Pferden! Wenn es irgendwie ginge, würdest du hier einziehen!"

„Ja, kann sein, aber wo ist der Zusammenhang zum Reiten? Ich will das nicht machen, was ihr macht. Ich möchte draußen reiten, im Wald. Oder einfach nur mit Saphir spazieren gehen. Ihm die Welt zeigen."

„Okay, das ... wow." Nolan kratzt sich im Nacken, bindet Lady an und humpelt zu den Heuballen, um sich mit schmerzverzerrtem Gesicht darauf niederzulassen. „Das ist neu für mich. Kenn ich so nicht."

„Ich würde mich schon mal auf Jakob setzen", lenke ich ein und kraule Lady sanft das Kinn, sie liebt das. „Allerdings solltest du heute vielleicht lieber dein Knie schonen, oder?"

Ich sehe genau, dass es ihn plagt. Ständig bildet sich diese steile Falte zwischen seinen Brauen, ein dunkler, schmaler Schatten. „Lady muss auf jeden Fall bewegt werden. Sie stand den ganzen Tag, der Marek hat die Grippe."

Marek ist der Bereiter von Lady. Gesehen habe ich ihn noch nie, aber inzwischen kenne ich ihren und

Nolans „Stundenplan“. Morgens Beritt, abends Training bis auf Mittwoch, da ist Nolan in der Physiotherapie und lässt sich Massagen geben. Montagabend und Donnerstagabend reitet Nolan in eigener Regie, Dienstag, Freitag und Samstag hat er vier Stunden Training. Erst Dressur, dann Springen. Sonntagmorgens fahren Trainer von außen an, die mit ihm an den Feinheiten arbeiten – es sei denn, es steht ein Turnier an. Dann ist er von Freitagabend bis Sonntagabend unterwegs. Dazu zwei Mal in der Woche Ausdauersport und Schwimmen. Keine Ahnung, wann da noch Zeit für Hausaufgaben bleibt – und für Isabella?

„Das geht schon, ich muss halt ein bisschen mitlaufen, damit der Zirkel nicht zu klein wird. – Kannst du sie rasch putzen?“

Lady ist sauber, wie meistens, wie soll sie sich in der Box auch großartig schmutzig machen? Doch ich nicke und laufe zu Nolans Spind, um die Putzkiste herauszuholen. Ich habe die Signaltöne der Nachrichten gehört, die gerade in seinem Handy aufliefen, und wahrscheinlich sind es nicht die einzigen, die sich stauen. Während ich Lady die Hufe auskratze und ihr kurzes Fell mit dem Striegel bearbeite, hockt Nolan mit gerunzelter Stirn auf dem Stroh und tippt konzentriert auf seinem Handy herum. Jetzt komme ich mir wirklich vor wie die Bedienstete eines Adeligen, der noch nie im Leben sein Pferd selbst gesattelt hat – und es gefällt mir nicht. Lieber ist es mir, wenn Nolan nicht dabei ist.

Als habe er meine Gedanken gelesen, lässt Nolan das Handy nach einigen Minuten wieder sinken und schaut mir mit abwesendem Blick dabei zu, wie ich Ladys Mähne ausbürste. Sie sähe so schön aus, wenn Nolan sie wachsen lassen würde, ungleichmäßig und wild. Stattdessen trägt sie einen Topfschnitt für Pferde. Aber vielleicht weiß sie gar nicht mehr, dass sie ein Pferd ist.

„Planänderung." Nolan ist anscheinend schon wieder ganz woanders unterwegs. „Ich hab Hunger, und da ich nicht reiten kann, darf ich mir ausnahmsweise den Bauch vollschlagen. Das geht sonst um diese Uhrzeit nie. Wollen wir Pizza bestellen?"

„Pizza ...?" Automatisch verziehe ich mein Gesicht, es ist wie ein Reflex.

„Okay, ich sehe schon, du magst keine Pizza. Lieber Sushi?"

„Bloß nicht." Ich weiß, dass viele Menschen für Sushi töten würden. Ich würde töten, um kein Sushi essen zu müssen. „Ich mag Pizza schon, nur ... Ach, wir haben immer so einen Pizza-Abend in der WG, bei dem wir uns unterhalten müssen. Und das – kann ich nicht so gut ab."

„Du musst nix reden. Ich will nur nicht alleine essen. Der Nilo liefert auch Pasta und Fleischgerichte. Warte, ich hab die Karte in meinem Spind ..."

„Tut mir leid, Lady", murmele ich und schicke die Stute zurück in ihre Box. „Der Herr ist heute etwas wankelmütig." Ich muss lachen, weil ich ein solch altmodisches Wort verwende – ach, dass ich es überhaupt kenne. Aber irgendwie passt es zu Nolan. Graf von und zu Wankelmütig, heute mit Hinkebein. Doch als er mit der Karte in der Hand zurückkommt, möchte ich mich am liebsten hinter Lady verstecken – denn ich ahne, was jetzt passiert.

„Ich weiß schon, was ich nehme, die 58", verkündet Nolan leutselig. Die Aussicht auf Essen scheint ihn zu beflügeln. „Hier, such dir was aus." Schon hat er mir den Flyer überreicht. Hilflos huschen meine Augen über die eng geschriebenen, klein gedruckten Zeilen. Bis ich die Speisekarte entziffert habe, ist Nolan verhungert. Und das ist nicht mein einziges Problem. Ich habe keinen einzigen Cent mehr in der Tasche.

„Kann ich ... kannst du mir das Geld für Donnerstag vielleicht vorstrecken, ich ..."

„Quatsch. Ich lad dich ein. Außerdem bezahl ich dich für den heutigen Dienst, was denkst du denn?" Nolan zieht vorsichtig an der Karte in meiner Hand. Meine Finger umklammern sie wie eine Waffe. „Soll ich dir was empfehlen? Die Nudeln mit Scampi sind lecker … oder der Thunfisch-Salat …“

„Bitte nichts, was mal unter der Wasseroberfläche gelebt hat“, würge ich ihn ab. Es wäre der einfachste Weg, einen seiner Vorschläge anzunehmen, denn er hat schon das Handy gezückt und die Nummer eingegeben. Aber Fisch kriege ich nicht runter. „Haben die auch ganz normale Nudeln mit Tomatensoße? Ich finde die irgendwie nicht …“

Ehe er mit mir in die Karte schauen kann, gebe ich sie ihm zurück. „Ja … logisch. Spaghetti oder Penne?“

„Penne“, sage ich rasch. Die sind leichter zu essen.

„Okay, das ist die neun. Echt nix anderes? Die haben tolle Scallopine in Weißweinsoße. Hauchdünn.“ Ich schüttele den Kopf, denn ich hab keine Ahnung, was Scallopine sind, und Weißweinsoße klingt gefährlich. Seitdem mir Steffen ein Foto aus seiner Alkoholikerzeit gezeigt hat, ist alles, was damit zu tun hat, ein rotes Tuch für mich.

„Nudeln sind okay. Wirklich. Hab eh keinen großen Hunger.“

Das ist untertrieben, mein Bauch ist wie zugeschnürt, seitdem Nolan vorgeschlagen hat, dass wir zusammen etwas essen. Jetzt bereue ich es, dass ich meine Reitstunde auf Jakob abgelehnt habe. Doch Nolans Laune hat sich sichtlich gebessert. Er wirkt beinahe aufgeräumt, als er unsere Gerichte bestellt – und dazu zwei Flaschen Bionade, was ich noch nie getrunken habe, aber da es garantiert keine Meerestiere enthält, werde ich damit leben können.

Bis das Essen kommt, ist Nolan wieder mit seinem Handy beschäftigt, während ich am Ende der Stallgasse bei Saphir stehe und versuche, zu ergründen, wie es ihm geht. Irgendetwas ist anders als die letzten Male. Er wirkt zwar wach und schiebt immer wieder seine Nüstern durch die Gitterstäbe, um an meinen Haaren zu schnuppern, aber seine Flanken zucken unentwegt und regelmäßig hebt er den Kopf, um zu lauschen – nicht als warte er darauf, dass jemand in die Stallgasse käme, sondern als fürchte er sich davor. Ich fühle mich ganz ähnlich. Je länger der Lieferservice braucht, desto sicherer bin ich mir, keinen Bissen herunterzukriegen. Aber Nolan bezahlt den Kram und er ist mein Arbeitgeber. Ich werde essen müssen. Gerade habe ich mich mit dieser Vorstellung arrangiert, da hupt es auch schon draußen im Hof. Jetzt gibt es kein Zurück mehr.

„Gehen wir rüber in die Schänke?", ruft Nolan zu mir rüber, nachdem er mit dem Handy am Ohr den Pizzaboten abgefertigt hat. Ich klebe immer noch wie festgewachsen neben Saphirs Box. „Ich hab den Schlüssel." Nein, die Schänke ist kein Ort für mich, das ist ein ungeschriebenes Gesetz in diesem Stall. Mag sein, dass heute niemand außer uns hier ist, aber das heißt noch lange nicht, dass ich mich dort wohlfühle.

„Lieber nicht“, lehne ich kopfschüttelnd ab und reiße mich von Saphir los, um zu Nolan zu laufen, der mitten in der Stallgasse steht, eine weiße Papiertüte mit knallroten Henkeln in der Hand.

„Okay ... Aber da ist es warm und wir haben Besteck und Gläser.“

„Ich ... sollte dort nicht sein, glaube ich. Oder? Außerdem kann ich aus der Flasche trinken.“

„Aber du wirst deine Nudeln kaum mit den Fingern essen wollen.“

„Das geht schon, wenn es sein muss“, rutscht es mir heraus und ich beiße mir betreten auf die Zunge. Ich hab nicht nur einmal Nudeln mit den Fingern gegessen. Kalte, matschige Nudeln aus aufgeweichten Pappkartons oder Styroporboxen, die jemand in den Müll geworfen hatte – aber an manchen Abenden war ich froh darum. Es gab für mich nichts Quälenderes, als hungrig und frierend schlafen zu müssen. Nolan scheint zu ahnen, dass ich keinen Scherz gemacht habe, und mustert mich aufmerksam. Er setzt an, etwas zu sagen, schluckt es aber wieder herunter, bevor er mir kurz die Hand auf den Oberarm legt.

„Ich hol rasch Besteck und Gläser, ja?“

„Okay, danke.“

Verkrampft kauere ich mich auf den Strohballen neben die Tüte, aus der ein verlockender Duft nach Kräutern, Tomaten und Knoblauch strömt, und warte, bis Nolan zurückkommt. Er hat nicht nur Besteck, Teller und Gläser dabei, sondern auch eine karierte Pferdedecke, die er über den Strohquader neben mir wirft und glatt zieht. Ich unterdrücke ein Schmunzeln, doch als er zwei Teelichte aus der Tasche zieht, kann ich nicht mehr stumm dabei zusehen.

„Du hast echt 'nen Ast ab, Nolan. Offenes Feuer im Stall – auf einem Strohballen!"

„Das sind LED-Lichter", erklärt er würdevoll, drapiert sie auf der Decke und schaltet sie an. Sie flackern sogar, eine fast perfekte Kopie.

„Wunderschön", kommentiere ich ironisch und klappe meine Pappbox auf. „Bist du dir eigentlich sicher, dass du nicht schwul bist?"

„Ach, wer weiß das schon so genau", entgegnet Nolan wegwerfend und zwinkert mich über seine Bionade hinweg an, bevor er sich und mir schwungvoll daraus eingießt. „Prost."

„Prost. – Was ist los mit dir? Wo ist der Stock, den du sonst in deinem Hintern hast?"

„Heiß!", keucht Nolan auf, ohne auf meine spöttelnde Bemerkung einzugehen, und fächert sich Luft zu. „Scheiße, ist das heiß ... aber gut."

„Ja, sieht lecker aus." Keine Idee, was das ist, was er sich da bestellt hat, ich tippe auf ein dünn geklopftes Rindersteak, aber es duftet köstlich und sieht hübsch aus unter der zerlaufenden Kräuterbutter mit den goldgelben, frittierten Kartoffelstücken.

„Probieren?" Schon streckt er mir seine Gabel entgegen, und weil ich nicht unhöflich sein will, öffne ich brav meinen Mund und ziehe das Stückchen Fleisch mit den Zähnen von den Zinken. Oh Gott, das ist ja wirklich lecker. „So was hab ich noch nie gegessen", murmele ich halblaut. Jetzt weiß ich, was es bedeutet, wenn Leute sagen, das Fleisch würde auf der Zunge zergehen.

„Roxy ..." Nolan pickt in den Kartoffeln herum und nimmt einen Schluck Bionade, während ich mich gerade unsterblich in meine Nudeln verliebe. Er muss einen Luxus-Lieferservice ausgesucht haben. Wahrscheinlich hätte ich drei Abende Lohn opfern müssen, um meine Pasta bezahlen zu können. „Stimmt das eigentlich, dass du auf der Straße gelebt hast?"

„Ja, stimmt. Eine Weile." Ich möchte ehrlich sein, aber das heißt noch lange nicht, dass ich ihm davon erzählen will. „Wie geht's Saphir eigentlich?", lenke ich ab und deute mit der Gabel zu seiner Box. Er schaut zu uns rüber, als wüsste er, dass ich über ihn spreche.

„Der Tierarzt war zwei Mal da." Nolan kaut und

schluckt, bevor er weiterredet. „Er bekommt jetzt Medikamente wegen seiner Darmprobleme."

„Medikamente? Das ist Angstschiss!"

„Mahlzeit", erwidert Nolan trocken und feixt mich kurz an. Doch ich spüre genau, dass er lieber über ein anderes Thema sprechen würde. Denn über Saphir zu reden, bedeutet unweigerlich, über Isabella zu reden – auch wenn wir ihren Namen gar nicht erwähnen.

„Tja, sorry, wir essen in einem Stall, also können wir auch über Saphirs Verdauung sprechen. Da helfen keine Medikamente, er hat in bestimmten Situationen einfach Angst!"

„Hat er nicht", widerspricht Nolan lahm.

„Ach, komm schon. Kennst du das nicht auch? Dass du Durchfall kriegst, weil du nervös bist? Oder gibt es das in euren Kreisen nicht?"

„Okay, ich geb auf." Nolan schüttelt seufzend den Kopf, muss aber gleichzeitig grinsen. „Doch, kenne ich. War früher vor jedem Turnier so. Ganz furchtbar. Ich dachte, ich sterbe."

„Und was hast du dagegen gemacht?"

„Immodium akut genommen." Nolan zuckt mit den Achseln. „Was sonst?"

„Wurde das Lampenfieber dadurch besser?"

„Eigentlich nicht", gesteht er leise. „Bauchschmerzen hatte ich immer noch und meistens ging es mir erst montagabends wieder richtig gut. Der Montag ist mein Wochenende. Deshalb bin ich dann so gerne hier. Keiner will was von mir und es ist ruhig."

Schweigend esse ich weiter und versuche, mir vorzustellen, wie das für ihn gewesen sein mag – und was ihn angetrieben hat, trotzdem weiterzumachen. Der Kick, auf dem Treppchen zu stehen? Zu gewinnen? Sehen und gesehen werden?

„Der Doc hat übrigens auch Saphirs Rücken untersucht", berichtet Nolan nach einer Schweigepause, ohne mich anzuschauen. „Weil er Isa schon wieder abgesetzt hat – und ihren neuen Trainer auch."

„Der hat nix am Rücken."

„Woher willst du das denn wissen?"

„Na, weil ich auf ihm drauf saß! Der läuft wie eine Schaukel, ganz weich und gleichmäßig." Ich trage dieses Gefühl immer noch in mir. „Mit seinem Rücken ist alles in Ordnung."

„Wir werden sehen", erwidert Nolan unbestimmt und verputzt das letzte Stück Fleisch. Auch ich bin satt – ich habe mehr essen können, als ich gedacht habe. „Warum willst du eigentlich nicht in die Schänke?"

„Keine Lust, jemand von den anderen zu begegnen", antworte ich ausweichend. Schließlich weicht er auch gerade aus. So verlaufen alle unsere Gespräche, ein ständiges Ausweichen und Abchecken.

„Jemand anderem oder meinem Vater zu begegnen?“, bohrt er trotzdem weiter.

„Beides.“

„Er ist zurzeit gar nicht da. Kommt erst heute Nacht von einer Auktion zurück.“

Aha – ist Nolan deshalb unternehmungslustiger als sonst? Weil er nicht bei etwas erwischt werden kann, was er eigentlich gar nicht darf?

„Und deine Mutter?“

„Die ist ... zu Hause.“ Nolans Tonfall macht mich stutzig. Hätte ich nicht nach ihr fragen dürfen?

„... und wartet auf dich?“

„Nein, sie ... Nein.“ Nolan kippt die restlichen Kartoffelstücke zurück in seine Pappbox. Meine Frage muss ihm den Appetit geraubt haben. „Sie hat nichts mehr mit – hier zu tun. Stall und so.“

Ich weiß nicht, was ich erwidern soll – ich muss mitten in ein Wespennest gestochen haben. Aber wie beruhige ich die Wespen wieder? Vielleicht am besten, indem ich still bleibe. Mit gesenktem Blick trinkt Nolan seine Bionade leer, während ich reglos neben ihm sitze.

„Das ist komisch, weißt du“, fährt er nach einem kurzen Schweigen leise fort. „Es gibt hier auf dem Gestüt ein paar Regeln, die jeder beachtet, der mich und meinen Vater kennt. Sie wurden nie ausgesprochen, aber alle befolgen sie. Eine Regel davon lautet, niemals nach meiner Mutter zu fragen."

„Ich wusste nichts von dieser Regel." Ich versuche, entschuldigend zu klingen, aber so recht gelingt es mir nicht. Ich bin zu erschrocken dafür.

„Ja, das unterscheidet dich." Nolan presst die Lippen zusammen und hebt seine Wimpern, um mich anzusehen. Seine Augen wirken fast stumpf im Dämmerlicht des Stalls. „Meine Mutter ist ... na ja, sie ist depressiv. Seit einigen Jahren. Seit – seit siebzehn Jahren."

Siebzehn. Ist Nolan nicht siebzehn?

„Ja, genau", beantwortet er meine unausgesprochene Frage. „Wochenbett-Depression. Ging auch erst wieder weg. Aber als ich in die Schule kam, fing es wieder an. Jetzt sind es Phasen. Mal ist sie gut drauf und voller Tatendrang, und dann, von jetzt auf gleich, ist sie völlig apathisch und steht morgens nicht auf." Nolan fängt an, mit einem der LED-Teelichter zu spielen, knipst es an und wieder aus, an und aus. „Dann tut sie so, als hätte sie Kopf- oder Rückenschmerzen, dabei weiß ich genau, was los ist. Und am Wochenende schmeißt sie sich was ein und trifft ihre Freundinnen, um ihnen zu beweisen, dass sie okay ist – aber das ist es nicht. Ist halt nicht alles Gold, was glänzt."

„Und die Leute hier wissen es?"

„Ja, denke schon." Nolan zuckt leicht mit den Schultern. „Sie ist ja kaum mehr dabei bei den Sitzungen und Veranstaltungen und einer ihrer Ärzte ist sogar Vereinsmitglied. Aber es redet keiner darüber."

„Wir reden darüber."

Nolan nickt, schaltet die Funzel noch einmal aus und ein und stellt sie zurück auf die Decke.

„Ja. Wir reden darüber." Unsere Augen treffen sich, doch wir schauen sofort wieder weg, als dürften wir uns nicht auf diese direkte Weise ansehen.

„Und wer ... wer kümmert sich dann um dich, wenn sie nicht aus dem Bett kommt und dein Vater weg ist?" Irgendwie ist das eine saublöde Frage. Nolan ist fast 18, kann sich alleine waschen und anziehen und hat immer genug Kohle, um essen zu gehen. Trotzdem muss ich sie stellen. Ausgerechnet ich, die mit vierzehn schon auf der Straße gelebt und sich alleine durchgeschlagen hat. Ich weiß, wie es geht – und vor allem, *dass* es geht. Doch Nolan ist aus anderem Holz geschnitzt als ich.

„Ach, wir haben genug Bedienstete." Nolan errötet leicht. „Haushaltshilfe, Köchin, Gärtner und so. Da ist immer jemand da."

„Wow. Also hast du wahrscheinlich noch nie im Leben einen Staubwedel geschwungen?"

„Doch." Nolan verzieht seinen Mund zu einem schiefen Lächeln. Endlich mildert sich die Falte zwischen seinen Brauen. „Manchmal befreie ich meinen Spind von Spinnweben."

„Ja, du bist ein echter Held." Jetzt wird ein Lachen aus seinem Lächeln. Es ist kaum hörbar und erlischt sofort wieder, doch ich bin froh, dass es da war. „Und – was fangen wir mit dem Abend an? Lady noch mal rausholen oder bist du zu satt zum Longieren?"

„Niemals. Sie muss bewegt werden. Nicht dass sie morgen 'nen Kreuzverschlag hat." Nolan streckt sich und gähnt verhalten, bevor er sich mit beiden Händen durch seinen Schopf fährt, als wollte er sich damit zur Vernunft bringen. „Ich longiere sie und danach setzt du dich auf Jakob?"

„Na gut, wenn dein Seelenheil davon abhängt." Skeptisch horche ich in mich hinein. So voll ist mein Bauch gar nicht. Wird schon gehen. „Von mir aus."

Ich hab das Gefühl, dass es Nolan aufmuntern würde. Und solange sein Vater auf Auktionen mit Geld um sich wirft, sollte ich nehmen, was ich kriegen kann.

Heute Abend kann mich niemand aus dem Stall schmeißen. Die Reithalle gehört nur Nolan und mir.

Ich wäre dumm, wenn ich das nicht nutzen würde.

SCHWERELOS

„Anhalten! Jetzt! Nolan …“

„Aber wieso denn? Das läuft doch gerade so gut!“ Mit sichtlichem Erstaunen bringt Nolan Jakob in den Schritt und dann in den Stand. Sofort lasse ich mich von seinem Rücken gleiten. „Du bist ein Naturtalent.“

„Ja, und du Käpt'n Ahab, wenn du so weitermachst. Ich kann das nicht mehr mit ansehen!“ Nolans Falte zwischen den Brauen ist wieder Dauergast und seine Schritte wurden von Runde zu Runde schleppender.

„Käpt'n Ahab“, wiederholt er beziehungsreich. „Du hast Moby Dick gelesen?“

„Den Film gesehen.“ Für das Buch würde ich ein halbes Jahrhundert brauchen. Aber der Film hatte mich sofort gefesselt, als ich eines Nachts beim Durchzappen auf 3sat gelandet war. Ich hatte ihn einfach zu Ende sehen müssen – und der Schluss hatte mich mit leiser Befriedigung erfüllt.

„Und, für wen warst du?“

„Für den Wal natürlich." Ich kann mir nicht vorstellen, wie man nicht für den Wal sein kann. Er ist nicht böse, er wehrt sich nur. „Du etwa nicht?"

„Ich war für Queequeg." Nolan zwinkert schalkhaft.

„Soso. Wegen der Tätowierungen?"

Nolan geht nicht darauf ein, aber in seinen dunklen Augen blitzt es erneut auf. „Ehrlich, Roxy, du hast Talent. Du sitzt zwar anders auf dem Pferd, als ich es gelernt habe, aber offensichtlich funktioniert es."

Für mich hat es sich so gut angefühlt – und ich bin froh, dass Nolan Jakob keinen Sattel aufgelegt hat. Es war sogar seine Idee; er meinte, am besten lerne man auf dem blanken Rücken. Stattdessen hat er Jakob den Voltigiergurt umgelegt, sodass ich mich an den Griffen festhalten konnte. Im Schritt hab ich die Arme hängen lassen, im Trab musste ich allerdings zupacken, sonst wäre ich fliegen gegangen. Jetzt brennen meine Oberschenkel und meine Knie fühlen sich zittrig an – und meine dunklen Jeans sind voller weißer Haare.

„Kann ich ein bisschen mit ihm spielen?"

„Spielen?" Nolan schaut mich völlig entgeistert an, während Jakob schon anfängt, mit dem rechten Vorderhuf zu scharren. Wahrscheinlich würde er sich gerne wälzen.

„Na, mit ihm laufen und – ich weiß nicht, wird sich zeigen. Hast du das nie gemacht?"

„Nein, du?“

Jetzt weiß ich nicht, was ich antworten soll. Jain käme der Wahrheit am nächsten. Wenn ich eine Pferdeherde im Fernsehen sehe, in einer der vielen Dokus, die nachts in den dritten Programmen und Info-Kanälen wiederholt werden, verspüre ich immer den Wunsch, mit ihnen zusammen zu laufen, mich darunter zu mischen – und es ist, als wüsste ich, wie sich das anfühlt.

Zögernd löst Nolan die Karabiner von dem Kappzaum, den er Jakob vorhin umgeschnallt hat. Der Schimmel ist frei. Im ersten Moment kapiert er gar nicht, was los ist, und schaut verdutzt von einem zum anderen. Jetzt ist auch das Wälzen nicht mehr interessant. „Darf ich?“, scheinen seine glänzenden Augen Nolan zu fragen, doch ich bin schneller. Mit weichen Schritten laufe ich rückwärts von ihm weg und gehe dabei in die Knie, bevor ich mich im Gehen drehe und ihn einlade, mir zu folgen. Ein, zwei Sekunden bleibt er stocksteif stehen, dann wirft er mit einem kecken Grunzen den Hintern in die Luft und beginnt zu galoppieren.

Jetzt spüre ich die Nudeln schwer in meinem Bauch und ich bekomme schon nach wenigen Schritten Seitenstechen, doch ich ignoriere sie. Jakob ist keine Herde, aber er ist ein Pferd, und es scheint, als würde sich seine Kraft und Energie in der Bewegung auf mich übertragen und umgekehrt. Wir täuschen uns gegenseitig an, laufen miteinander, drehen uns, wenden uns, verharren mit gespitzten Ohren, um dann wieder durchzustarten, bis ich nicht mehr kann und mich japsend gegen die Bande fallen lasse.

Nolan steht immer noch wie vom Donner gerührt an der Tür, die Longe in der Hand, und schaut abwechselnd zu Jakob und zu mir, als würde er versuchen einzuordnen, was da gerade passiert. Jakob nutzt die Gelegenheit, um sich schnaufend in den Sand fallen zu lassen und ausgiebig zu wälzen.

In Nolan kommt wieder Bewegung. Nachlässig wirft er die Longe über die Bande und versucht, sich an ihr hochzuziehen. Obwohl sein verletztes Knie ihn dabei behindert, schafft er es beim zweiten Versuch und kommt schwankend auf der Kante zu stehen. Käpt'n Ahab lässt grüßen.

„Was hast du vor?", frage ich japsend.

„Jetzt will *ich* spielen."

„Oder dir den Hals brechen?" Ich kann kaum sprechen, so sehr bin ich außer Atem. Statt einer Antwort pfeift Nolan leise zwischen den Zähnen, und Jakob hält mitten im Wälzen inne. Nolan scheint sein schmerzendes Knie vollkommen vergessen zu haben. Er pfeift ein zweites Mal, und Jakob rappelt sich auf, schüttelt sich, wendet seinen Kopf und läuft langsam und prustend auf Nolan zu. Oh ... Jetzt weiß ich, was er vorhat. Das wird seinen Gelenken nicht gefallen.

Als Jakob neben der Bande steht – den Hintern leicht abgewandt, als wisse er nicht genau, ob er Nolan trauen könne –, geht der aufstöhnend in die Hocke, greift nach der dichten Mähne und zieht sich mit Schwung auf Jakobs blanken Rücken.

„Machst du mal lauter?“

Ich muss lachen. Mit diesen Worten haben wir uns kennengelernt. „Wieso, kommt wieder irgendein schwülstiger Song mit nackten Menschen im Radio?“ Wir haben es vorhin angeschaltet, aber bisher hab ich der Musik keine Beachtung geschenkt.

„Keine Ahnung, mach einfach mal lauter.“ Mit den Schenkeln lenkt Nolan Jakob in meine Richtung. „Oh ja ... der passt gut ...“

„Du hast echt einen miesen Geschmack“, murmele ich, als die Musik durch die Halle schallt – dabei mag ich das Lied irgendwie auch, trotz James Blunts Eunuchengesang. *„When every ship is going down I don't feel nothing when I hear you say ... It's gonna be okay ...!”*

“So, jetzt zeige ich dir, was ich an den Turnieren so liebe!“, verkündet Nolan, duckt sich nach vorne und drückt Jakob seine Fersen in die Flanken. Nun muss ich mich auf die Bande ziehen, um mich in Sicherheit zu bringen, bevor ich noch zwischen die Hufe gerate, denn Jakob stürmt in wildem Galopp und halsbrecherischen Kurven durch die Halle. Nolan sitzt sicher auf seinem Rücken und hält sich lediglich mit der Linken in der Mähne fest, während er die Rechte grüßend in die Luft reckt, als würde er ein Fähnchen halten. Die beiden tun das nicht zum ersten Mal – und plötzlich weiß ich, was er mir vorführt. Die Siegerrunde bei den Turnieren, die er gewonnen hat. Das kenne ich auch nur aus dem Fernsehen. Wer einen der ersten Plätze ergattert, darf nach dem Turnier eine Runde im Galopp drehen – und eigentlich ist das der schönste Moment der ganzen Veranstaltung. Vor allem für die Pferde. Es liegt ein Hauch von Freiheit in der Luft, und er rührt etwas in mir, auch jetzt.

Nach der dritten Galopprunde verlangsamt Nolan das Tempo und lässt sich noch im Trab lachend von Jakobs Rücken in den Sand fallen. Geschickt rollt er sich ab, bleibt aber flach wie eine Flunder liegen.

„Oh Gott, ist mir schlecht ... das Steak ...“ Keuchend versucht er, nach Luft zu schnappen. Ich springe von der Bande und laufe zu ihm, während Jakob sich erneut hinschmeißt, um sich direkt neben Nolan zu wälzen. „Scheiße, das hätte ich nicht tun sollen ...“ Nolan zieht die Beine an und legt sich beide Hände auf den Bauch, doch er strahlt immer noch über das ganze Gesicht. Schwer atmend schließt er seine Augen.

„Ich hab noch nie jemanden gesehen, der so glücklich aussieht, obwohl ihm übel ist.“ Grinsend setze ich mich neben ihm. „Soll ich dir einen Eimer holen? Ich halte dir auch die Haare aus dem Gesicht.“

„Nein, geht schon ...“ Nolan breitet seine Arme weit aus, bis seine Hand fast mein Knie berührt. „Wie war das noch mal? Auf dem Rücken der Pferde ...“

„Nolan!! Was zum Teufel ist hier los?“ Ich bin so schnell wieder auf den Beinen, dass mir schwindelig wird. Schlagartig ist die Musik aus, doch das Gebrüll des Mannes dröhnt in meinen Ohren, als wäre ich beidseitig geohrfeigt worden – und ich erkenne die Stimme sofort. Auch Nolan springt auf und stöhnt dabei schmerzerfüllt auf. Ohne seinen Vater aus den Augen zu lassen, umgreift er mit beiden Händen sein Knie. Ich verspüre instinktiv den Drang wegzulaufen. Doch Hilbert steht breit und mächtig im Eingang zum Viereck. Ich müsste an ihm vorbei, wenn ich flüchten wollte. Jakob ist der Letzte von uns, der sich vom Boden erhebt und stehen bleibt, als habe man ihn eingefroren.

„Ich habe dich gefragt, was dieses Theater hier soll!“

„Ich ... wir haben nur ... ich habe Jakob laufen lassen und dann ...“

„Warum, Junge? Haben wir nicht besprochen, dass du dich auf Lady und Torero konzentrierst? Und was ist mit deinem Knie?“

„Nichts Schlimmes, ich hab es gestern wohl zu stark belastet, es braucht nur eine Woche Ruhe ..."

„Warum bist du dann hier?"

Jetzt erst kapiere ich die Strategie, die Hilbert hier durchzieht. Missachtung. Pure Missachtung. Er hat mich gesehen, vielleicht auch wiedererkannt. Doch ich bin für ihn ein Niemand. Er tut so, als wäre ich gar nicht hier. Selbst Jakob interessiert ihn nicht. Seine finster blickenden Augen haben alleine Nolan im Visier, der mit jedem seiner Worte immer kleiner zu werden scheint. Am liebsten würde ich ihn in den Rücken stoßen, damit er sich aufrichtet.

„Weil ich ... Jakob longiert habe und ..." Nolan bricht ab, als sein Vater nur abschätzig die Hand durch die Luft sausen lässt.

„Schlag dir Jakob endlich aus deinem Kopf, Nolan. Er kostet dich nur Zeit, die du nicht hast. Und jetzt sieh zu, dass du nach Hause kommst. Ich warte dort auf dich." Der letzte Satz klingt so drohend, dass ich zusammenzucke, doch Nolan bleibt neben mir stehen wie eine leblose Statue. Erst als die schweren Schritte seines Vaters verklungen sind und draußen ein Motorengeräusch zu hören ist, atmet er seufzend aus und humpelt zur Bande, um den Strick für Jakobs Halfter vom Haken zu ziehen.

„Lass mich das machen", schlage ich ihm vor, doch er

tut ebenfalls so, als sei ich nicht da, und hinkt mit verbissener Miene an mir vorbei, um den Strick ans Halfter zu machen und Jakob aus der Halle zu führen.

„Okay, dann halt nicht“, flüstere ich, warte ein paar Sekunden und laufe den beiden in großzügigem Sicherheitsabstand hinterher in den Stall. Ich versuche gar nicht erst, Nolan ein zweites Mal anzusprechen, und langsam dämmert mir, was das alles zu bedeuten hat. Jakob tritt nicht mehr bei Turnieren an und Nolan soll ihn deshalb eigentlich nicht mehr reiten. Daher also der Montag. Damit ihn niemand dabei erwischen kann, wie er seine knapp bemessene Zeit in ein Pferd investiert, dass ihm keine Siege und Preisgelder mehr bringen kann.

Doch das ist heute Abend noch das kleinste Problem. Auch wenn sein Vater überzeugend so getan hat, als hätte er mich nicht wahrgenommen, wird Nolan meine Anwesenheit ausbaden müssen. Er wird die Fliegenklatsche für das lästige Insekt sein müssen, das er in den hochehrwürdigen Stall eingeschleppt hat. Damit würde Hilbert senior sich nicht die Finger schmutzig machen ...

Dieser Abend war mein bisher schönster im Stall, doch es wird auch mein letzter sein. Ich weiß es genau. Nolan wird seinem Vater nicht die Stirn bieten können, das war eben deutlich zu sehen. Deshalb laufe ich stumm an Nolan vorbei und direkt zu Saphirs Box, der sich sofort zu mir herumdreht und seine Nüstern an die Gitterstäbe drückt.

„Tut mir leid“, wispere ich und schiebe meine Hand durch eine Lücke, um ihn sacht mit den Fingerkuppen über den Nasenrücken zu streichen. Mein Herz blutet, als hätte Hilberts Gebrüll es in Stücke zerfetzt. Aber wenn ich schon von hier verschwinden muss, kann ich auch noch ein einziges Mal die Regeln überschreiten. So leise wie möglich öffne ich die Boxentür und schlüpfe in das Halbdunkel von Saphirs viel zu engem und staubigem Zuhause. Vorsichtig schließe ich die Tür wieder und lasse mich direkt neben ihm zu Boden sinken. Zart tasten seine Nüstern über meine verwirbelten Haare bis hinunter in meinen Nacken, während er in kurzen Abständen meinen Geruch inhaliert, als wolle er ihn sich für immer einprägen.

Schauer rieseln meinen Rücken hinunter, doch ich bin zu wütend und durcheinander, um Saphirs Liebkosungen zu genießen. Wie soll ich ihm nur erklären, dass er mich nie wiedersehen wird? Wird er nicht jeden einzelnen Tag auf mich warten? Oder werden sie ihn zu der Maschine umfunktionieren können, die sie sich wünschen, und er wird alles vergessen, was jemals vorher in seinem Leben geschehen ist, das Schlechte und das Gute – und damit auch mich?

Am anderen Ende der Stallgasse klappert eine Spindtür, dann nähern sich Nolans Schritte. Jetzt ist es gleich so weit. Ich werde ihm meinen Schlüssel zurückgeben müssen. Unwillkürlich mache ich mich kleiner, doch Saphirs Nüstern lassen nicht von meinem Nacken ab. Unendlich lange Sekunden vergehen, in denen ich still auf das Unvermeidliche warte und hoffe, dass Nolan es endlich ausspricht.

„Ich kapiere das nicht ..." Nolan redet so leise, dass ich ihn kaum verstehe. Seine Stimme klingt hohl. „Wieso ist er bei dir so friedlich und sanft?" Ich rühre mich nicht, obwohl ich genau spüre, dass Nolan uns beobachtet. Selbst dann nicht, als er die Boxentür zur Seite schiebt, und Saphir seinen Kopf nach oben nimmt und einen Schritt zurücktritt. Nolan ist ihm nicht geheuer.

„Sorry, Roxy, ich muss dich hier rausholen ... Hey. Komm schon, mach es mir nicht so schwer." Er geht in die Hocke und umgreift behutsam meinen Oberarm. Ich wehre mich nicht. Er kann mich auf die Beine hieven wie eine Puppe, die alles tut, was man will. Doch anschauen werde ich ihn nicht. Ohne etwas zu sagen, führt er mich aus der Box und schließt die Tür.

„Hör zu, ich ... ich muss mich bei dir entschuldigen. Nein, ich will mich bei dir entschuldigen. Roxy?"

Zitternd heben sich meine Lider. Wie bitte? Nolan bittet mich um Verzeihung? Sein Gesicht ist immer noch blass und der Mund schmal, doch seine Augen suchen warm nach meinen.

„Was da passiert ist, ist meine Schuld. Ich hatte Papa versprochen, Jakob nicht mehr zu reiten. Er hat schon recht, wenn ich schon nicht trainieren kann, sollte ich meine Zeit anders nutzen, aber ..."

Nolan atmet angestrengt durch. „Ich weiß auch nicht, was heute in mich gefahren ist. Ich wollte dich nicht mit reinziehen, ehrlich. Tut mir leid."

„Warum ist es denn überhaupt so wichtig, dass du ständig nur trainierst? Darfst du denn gar nichts anderes machen?", frage ich bedrückt, obwohl ich genau weiß, dass Nolan mir den wahren Grund für den Zorn seines Vaters verschweigt. *Ich* bin der wahre Grund.

„Na, weil ich mich in Warendorf als Sportsoldat bewerben werde. Und jedes Turnier zählt. Ich will nach dem Abi dort anfangen und muss noch ein paar Punkte sammeln ..."

„Sportsoldat", wiederhole ich mit trockener Kehle. Nolan und ein Gewehr in der Hand, das kann und will ich mir nicht vorstellen. Und dann auch noch in Warendorf ... dem Reiter-Mekka schlechthin. Es liegt mindestens eine Stunde entfernt von hier ... wenn nicht sogar mehr ... Nolan geht also weg? Aber wieso kümmert mich das überhaupt, ich habe meinen Job doch sowieso verloren ...

„Ja. Dort kann ich den ganzen Tag reiten und hab die besten Möglichkeiten, mich für die Olympischen Spiele zu qualifizieren. Verstehst du?“

Klar verstehe ich. Die Verpflichtung beim Bund ist der Deal, mehr nicht. Es geht ums Reiten, um die Karriere. Aber mein Bauch versteht gar nichts. Jedes einzelne Wort, das Nolan von sich gibt, fühlt sich falsch an. Es sind unverdauliche spitze Steine, die schon jetzt wehtun.

„Und wann ... wann fängst du da an?“

„Wenn alles klappt, fange ich vielleicht sogar im August mit der Grundausbildung an. Normalerweise beginnt man im November, aber ... Es gibt Ausnahmen.“

Ausnahmen für Ausnahmereiter mit viel Vitamin B. Gott, war ich naiv gewesen, zu glauben, nein, zu hoffen, ich könnte Monat für Monat weiter in den Stall kommen ... zu Saphir ... Wieso habe ich kein einziges Mal darüber nachgedacht, was Nolan nach dem Abi machen will? Er ist doch mein Schlüssel zum Stall!

„Ich glaub, dein Bus ist schon weg. Ich fahr dich heim, okay?“

„Womit?“, frage ich matt. In meinem Kopf ist es ganz dunkel geworden. Alle Gedanken scheinen sich darin aufzulösen.

„Na, mit meinem Moped. Ist schließlich meine Schuld, dass der Abend so blöd geendet hat.“

Wortlos stolpere ich Nolan hinterher zum anderen Ende der Stallgasse. Ich drehe mich kein einziges Mal zu Saphir um, obwohl ich jeden Moment damit rechne, dass er mir nachwiehert, wie damals das Pony, und dass ich das ein zweites Mal nicht überleben werde. Aber er bleibt still. Ich spüre seinen Blick auf mir ruhen, aber er bleibt still.

Auch über Nolans Lippen kommt kein Laut, als er seinen Zweithelm aus dem Staufach der Vespa holt und ihn mir reicht, damit ich ihn mir überziehe. Geduldig wartet er, bis ich so weit bin, und lässt den Motor erst an, als ich hinter ihm sitze.

„Halt dich lieber an mir fest, ist sicherer!“, ruft er nach hinten. Nein, das will ich nicht. Doch er fährt nicht los, bis ich meine Arme um seinen Leib lege und mein Kopf wie von selbst an seinen Rücken rutscht. Noch immer fühle ich mich puppenhaft und schwammig an, als hätte ich meinen eigenen Willen verloren. Doch gegen diese Streitmacht, die mir gegenübersteht und mich nicht haben will, würde er mir auch nichts nützen. Meine Waffen können in diesem Kampf nichts ausrichten.

Ein paar Häuser vor dem Heim stoppt Nolan, zieht sich den Helm vom Kopf und lässt mich absteigen, bevor auch er sich vom Sitz schwingt und meinen Helm wieder im Bauch seiner Vespa verschwinden lässt.

„Dann ...“ Viel Erfolg in Warendorf, will ich sagen, doch ich schaffe es nicht, die Worte auszusprechen.

„Dann sehen wir uns am Donnerstag, gleiche Zeit?“

„Was!?“ Erstarrt schaue ich ihn an.

„Na, Donnerstag ... Mein Knie wird noch nicht ganz fit sein, aber ich sollte Lady und Torero trotzdem longieren und kann deine Hilfe gebrauchen.“

„Aber ... dein Vater ... ich ...“

„Hey ...“ Nolan lächelt mich wissend an. „Ja, er wird mir bestimmt sagen, dass ich dir kündigen soll. Aber er ist schon ab Mittwoch wieder verreist. Die meiste Zeit ist er sowieso weg, also ... Solange er dich nicht persönlich aus dem Stall wirft, kannst du doch weiter kommen und mir helfen. Oder?“

Ich bin immer noch vollkommen vor den Kopf gestoßen. Ich hab doch vorhin gesehen, wie Nolan vor seinem Vater eingeknickt ist. Wieso sagt er jetzt, dass ich weiter für ihn arbeiten soll?

„Willst du nicht? Wenn du nicht willst, ist das natürlich okay ... Ich kann das verstehen, ich meine ...“

„Ich will“, stoße ich heiser hervor. „Doch, ich will!“ Oh Mann. Ich will. Das klingt ja fast wie bei einer Eheschließung. Ist wahrscheinlich ähnlich stressig.

„Okay, dann sehen wir uns am Donnerstag? Ja?“

„Liebst du sie?“ Verdammt, ich hätte diesen Hochzeitsgedanken nicht haben dürfen. Meine Frage ist der einzige Satz, den ich in diesem Moment über meine Lippen bringe. Es gibt keine anderen Sätze mehr in mir. Nicht jetzt, wo ich plötzlich aus der absoluten Finsternis zurück ins Licht geschleudert wurde.

Nolans Augen verdunkeln sich, als hätte ich ein Thema angeschnitten, das unantastbar ist.

„Ach, Roxy ... Liebe ist ein großes Wort ..."

„Ja, und eine große Sache." Ich weiß, ich sollte nicht weitersprechen. Doch ich kann mich nicht bremsen. „Zumindest tut ihr so, als gäbe es da diese große Sache zwischen euch. Aber liebst du sie?"

„Ich weiß, dass sie sich dir gegenüber nicht von ihrer besten Seite zeigt, aber – es ist für sie auch schwierig. Sie hat sich so sehr ein Vollblut gewünscht, das war schon immer ihr großer Traum. Und jetzt ist es da und alles ist anders, als sie es sich vorgestellt hat."

„Ich hab nach dir gefragt, Nolan. Nicht nach ihr. Wieso bist du mit ihr zusammen? Weil die anderen das wollen oder weil du das so willst?"

„Beides! Oh Mann, hört dieser Tag denn gar nicht auf ..." Schwer ausatmend setzt Nolan sich seitlich auf den Vespa-Sattel. „Roxy, wir sind schon echt lange zusammen und ... es ist ja auch praktisch, weil wir im gleichen Stall sind und unsere Pferde beieinander stehen haben ... und ... Wir gehören eben zusammen."

„Weil es praktisch ist. Das ist natürlich ein Grund."

Schnaufend zerstrubbelt Nolan seine Haare, die seit dem Kontakt mit dem Helm ein neues Eigenleben entwickelt haben. „Wie soll ich denn sonst eine Beziehung führen, hm? Ich hab doch gar keine Zeit für ein Mädchen, das nicht bei uns reitet." Nolan stockt, als müsse er überlegen, was er noch anführen kann. „Wir kennen uns einfach eine Ewigkeit … unsere Familien machen gemeinsam Urlaub, wir fahren zusammen auf Turniere und Lehrgänge …"

„Kann sein, dass sie gut für dich ist", bereite ich seinem unseligen Gestotter ein Ende. „Aber für Saphir ist sie es nicht."

„Vielleicht eher umgekehrt", entgegnet Nolan düster. „Dieses Pferd ist nicht gut für sie."

So kann man es natürlich auch sehen – und ich erspare mir eine Antwort. Ich habe mich sowieso zu weit vorgewagt.

„Kriegst du jetzt Ärger? Weil du zu spät kommst?" Nolan deutet rüber zum Quellenhof. Steffen ist auf die Straße getreten und sieht zu uns herüber. Ich hebe die Hand, um ihm zu bedeuten, dass ich gleich komme. Seine Zigarette glimmt in der Dämmerung auf, als er nickt und die Stufen zum Eingang nimmt. Ich weiß, dass er uns weiter beobachten wird. Fast wie ein eifersüchtiger, misstrauischer Vater. Dabei ist Nolan nicht mal mein Date, sondern nur eine Art Arbeitgeber.

„Alles okay. Danke fürs Essen."

„Kein Thema, hab ich gern gemacht. Bis dann", antwortet Nolan und hebt die Hand, bevor er sich den Helm aufsetzt und die Vespa startet.

Ich wende mich um und schlurfe langsam zum Haus. Jeder Schritt fühlt sich an, als seien Betonplatten in meinen dünnen Sohlen versteckt worden. Ich will nicht zurück in mein altes Leben. Dieser Abend war eine Ausnahme gewesen – in allen Punkten, für mich und auch für Nolan. Und sogar für Jakob.

Nolan hat nicht trainiert. Wir haben zusammen im Stall gepicknickt, auf einer Decke mit blöden LED-Kerzen. Er ist im Jagdgalopp durch die Halle geprescht und hat danach neben mir im Sand gelegen und mich angestrahlt. Ich durfte mit seinem Pferd spielen, sogar auf ihm reiten. Und danach hat er mich auf seiner Vespa nach Hause gefahren.

So etwas wird nie wieder passieren. Ab jetzt wird er sich in Acht nehmen und keine Fehler mehr machen.

Ich werde diesen Abend niemals vergessen.

ANGSTBEISSER

„Da bist du ja ... Komm mit, wir machen heute was anderes."

Ehe ich den Stall betreten kann, bedeutet mir Nolan mit einer Kopfbewegung, ihm zu folgen, und geht mit langen Schritten voraus in Richtung Schulstallungen. Seine Bewegungen wirken, als stünde er unter Strom und wolle keinesfalls zusammen mit mir gesehen werden. Er wird erst langsamer, als wir den Schatten des Tors erreicht haben, in dem ich nach unserer ersten Begegnung Schutz gesucht hatte. Auch heute scheint etwas Außergewöhnliches vor sich zu gehen. Wieder stehen trotz des Ruhetags ein paar Geländewagen auf dem Hof und ich hätte gar nichts dagegen, meine Arbeitsschicht zusammen mit Nolan im alten Trakt des Gestüts zu verbringen, wenn mich seine Vorsicht und seine nebulöse Andeutung nicht alarmieren würden. Was meint er nur mit „was anderes" – und warum glaube ich ihm das Wörtchen „wir" darin nicht?

„Hier, ich hab schon alles vorbereitet." In der Schulstallgasse ist es bedrückend still, weil seit einigen Tagen keine Pferde mehr in den Boxen stehen – der Schulbetrieb „lohnt sich nicht mehr" und soll eingestellt werden. Nolan lotst mich an den leeren Boxen vorbei zu einer dunklen hölzernen Tür und drückt sie auf.

„Was ist das?", frage ich argwöhnisch, denn ich erkenne kaum etwas in dem Halbdunkel – doch was ich sehe, gefällt mir gar nicht. In diesem Raum steht kein Pferd, sondern ein Schreibtisch. Ich mag keine Schreibtische. Sie erinnern mich an all das, was ich nicht kann und nie gut können werde.

„Das Büro unseres alten Reitlehrers. Es steht jetzt leer und ich dachte, du kannst hier ungestört arbeiten."

„Du meinst, du bist ungestört, während ich arbeite", korrigiere ich ihn mit leiser Schärfe, während mein Unbehagen sich verstärkt. „An welche Art von Arbeit hast du denn gedacht?"

Bitte sag, dass es nichts mit Bürokram zu tun hat. Bitte, Nolan ...

„Eine Bestellung aufgeben."

„Also schreiben?", entfährt es mir misstrauisch.

„Ja, genau, wir machen das noch auf die altmodische Art und Weise", erwidert Nolan unbefangen, während er einen dicken Katalog und einen Bestellbogen auf die Mitte des Tisches legt und die Lampe anknipst. Auch für Kugelschreiber hat er schon gesorgt. „Sammelbestellung, da gibt es Rabatt. Die anderen haben ihre Sachen schon eingetragen, du musst nur noch meine Artikel übernehmen. Ich hab sie markiert und Post-its in die betreffenden Seiten geklebt. Ist einiges." Er zuckt entschuldigend mit den Schultern und versucht sich an einem halbherzigen Lächeln.

Ich fühle mich, als wäre ich von Kopf bis Fuß mit einem Seil gefesselt, das vorher stundenlang in kaltem Salzwasser gelegen hat. Mühsam unterdrücke ich ein Schaudern.

„Muss das sein? Kann ich nicht einfach etwas mit den Pferden machen?"

„Du hilfst mir damit heute am besten. Und drüben ..." Nolan zögert und dreht sich halb um, als würde er lauschen, ob uns jemand gefolgt ist. Doch nur der alte Wecker auf der Ecke des Schreibtischs tickt leise vor sich hin. „Na ja, wir starten heute noch einmal einen Versuch."

„Isabella auf Saphir?" Also ist es so, wie ich geahnt habe. Er muss mich aus der Schusslinie nehmen, und verfrachtet mich deshalb möglichst weit weg mit lästigem Papierkram in ein staubiges Büro. Wie komme ich aus dieser Nummer nur wieder raus? „Ich werde schon nicht in die Halle gehen. Ich bleibe bei Lady in der Box, bis ..."

„Ich longiere heute nur Jakob, bis der Trainer kommt, und habe ihn schon fertig gemacht. Tut mir leid, heute geht es wirklich nicht, Roxy. Wir brauchen Ruhe."

„Ich bin ruhig." Ich bin ruhiger als jeder einzelne von ihnen. Von denen kann doch keiner länger als drei Minuten die Klappe halten – ausgenommen vielleicht Nolan, doch der wird vermutlich wieder nur Staffage sein.

„Ich weiß. Und du weißt, was ich damit meine ... Oder?"

Bittend schaut Nolan mich an und deutet erneut auf die Utensilien auf dem Schreibtisch. „Die Bestellung muss heute Abend noch raus. Ich hol dich ab, sobald wir drüben durch sind, okay? Und jetzt muss ich in die Halle, Jakob wartet dort schon auf mich ..."

Er hat tatsächlich alles so arrangiert, dass ich kein Hindernis sein werde. Wieso hat er mir nicht einfach abgesagt? Das hätte uns beiden viel Ärger erspart.

„Bis später, Roxy. Ich verlass mich auf dich."

„Das solltest du nicht", flüstere ich, nachdem er die Tür geschlossen hat, und stütze meine glühende Stirn in meine Handflächen. Hart drücken sich meine Ellenbogen auf das Holz des Schreibtisches. „Bei den Pferden ja, aber doch nicht bei so was ..."

Von wegen, ich würde bei diesem Job nichts mit Buchstaben zu tun bekommen. Schon zum dritten Mal bin ich in eine Situation geraten, bei der mir fast schlecht wird vor Stress. Und dieses Mal wird Nolan mich nicht daraus erlösen, weil sie mich in der Halle brauchen. Ray ist fort – dieses Mal werden sie jemanden engagiert haben, der ihre Wünsche erfüllt, koste es, was es wolle. Saphir wird sich seinen Ängsten stellen müssen wie ich und niemand wird uns dabei helfen können. Weil niemand versteht, was in uns vorgeht.

Mit zitternder Hand greife ich nach einem der Kugelschreiber, rücke näher an den Tisch heran und schlage die Seite mit dem ersten Post-it auf.

„Du Verräter ...“, murmele ich und muss trotz meiner Not grinsen. Nolan hat eine Fleecejacke angekreuzt, zwar keine preiswerte, aber auch nicht überteuert – und sie stammt nicht von Isabellas Mutter. Sie ist dunkelblau, mit einem unauffälligen Emblem auf dem Oberarm. Ganz so mies ist sein Geschmack also doch nicht. Doch das Grinsen vergeht mir schnell wieder, als ich versuche, die passende Bestellnummer zur passenden Farbe und Größe herauszusuchen und in den Bestellbogen zu übertragen. Zahlen sind nicht ganz so gemein wie Buchstaben, doch schon beim Aufschreiben kriecht wieder dieses elende Unsicherheitsgefühl in mir hoch, das dafür sorgt, dass jeder einzelne Gedanke von einem Nebelschleier umhüllt wird. Egal, wie oft ich schaue und vergleiche – ich kann einfach nicht garantieren, dass ich die Bestellung auch wirklich korrekt übertragen habe, und es dauert nicht lange, bis die Buchstaben und Zahlen vor meinen Augen wild zu tanzen beginnen.

Unzählige Male blicke ich verzweifelt vom Katalog zum Bestellbogen und zurück, bis mir schwindelig ist und ich mich ächzend zurücklehne. Ich muss hier raus. Dieses Büro ist zu klein und zu stickig und zu dunkel, trotz der Lampe. Ich kriege keine Luft mehr! Und vor allem habe ich keine Energie mehr, zu verbergen, was ohnehin irgendwann ans Licht kommen wird.

Ich muss Nolan die Wahrheit sagen. Soll er mich von mir aus auslachen oder sich für mich schämen – ich will dieses Versteckspiel nicht länger fortführen. Lieber ist es mir, er hält mich für dumm als für faul. Und die anderen werden ihn schon nicht lynchen, wenn er die Bestellung erst morgen aufgibt. Er ist Nolan Hilbert, was soll schon passieren?

Trotzdem verspüre ich eine eigenartige Wut auf mich selbst, als ich die Tür des Büros hinter mir zuschlage und mit entschlossenen Schritten zum Privattrakt laufe. Wieso schaffe ich es nicht, das zu lernen – andere lernen es doch auch? Ist das wirklich eine Behinderung? Oder bin ich für solche Aufgaben einfach nicht gemacht und unglücklicherweise in einer Welt gelandet, für die Schreiben und Lesen das Maß aller Dinge ist? Und wieso fühle ich mich deshalb so mies, wenn ich mir doch sicher bin, dass es oben an der Himmelstür kein Schwein interessieren wird, ob ich ein Buch gelesen habe oder nicht?

„Tut mir leid, ich kann das nicht, Nolan, ich muss dir was sagen, ich ... ich ...“ Hilflos breche ich ab, die Hände an die Bande geklammert. Wie formuliere ich das nur? Wie soll ich etwas erklären, was ich selbst nie genau verstanden habe?

Nolan bringt Jakob unter einem gemurmelten Fluch zum Stehen, löst die Longe vom Kappzaum und eilt auf mich zu, doch ich bin schneller, schlüpfe durch die Bandentür und komme zu ihm in die Halle.

„Mensch, du sollst doch nicht hier sein!“

„Ich weiß, und ich verschwinde auch gleich wieder.“ Beschwichtigend hebe ich meine Hände. „Es ist nur so – ich – ich kann das mit der Bestellung nicht machen, ich – ich kann ...“

Ein heller, durchdringender Schrei aus den Stallungen lässt uns beide zusammenfahren. Auch Jakob reißt den Kopf nach oben und tänzelt ein paar Schritte zur Seite. Der Schrei ist noch nicht verklungen, als sich andere Stimmen dazu mischen – und darunter ein schrilles, angstvolles Wiehern und das Gepolter von harten Hufen, die zu fliehen versuchen, wo keine Flucht möglich ist.

„Scheiße …“, flüstert Nolan. Sein Gesicht ist kalkweiß geworden. „Das war Isabella …“

Schon nähern sich schwere Schritte und die Hallentür wird aufgerissen. Geistesgegenwärtig sacke ich dicht hinter der Bande in die Knie und versuche, mich unsichtbar zu machen.

„Nolan? Der Mistkerl hat Isabella erwischt.“ Direkt neben mir schlägt die Tür der Bande zurück. Ich muss zur Seite ausweichen, um nicht von ihr getroffen zu werden. Jakob tänzelt noch immer nervös auf der Stelle, doch ich zwinge mich, starr in meiner hockenden Haltung zu bleiben. „Lydia hat schon den Krankenwagen gerufen, wir müssen das Training absagen. Kümmerst du dich darum?“

„Wie schlimm ist es?“

Gernot steht mit dem Rücken zu mir, noch hat er mich nicht bemerkt. Vielleicht wird er es auch nicht, wenn ich ganz still bleibe.

„Er hat sie in den Arm gebissen, als sie ihn rausholen wollte. Dieser blöde Gaul bringt nur Unglück, das ist kein Zustand mehr! Da muss was passieren!“

„Er ist kein Gaul“, bricht es aus mir heraus. Langsam erhebe ich mich. „Und er bringt kein Unglück. Das schaffen nur die Menschen.“

Nolan schließt leise stöhnend die Augen, während Gernot sich ungläubig zu mir umdreht und mich anschaut, als sei ich von Kopf bis Fuß von schleimigem Eiter bedeckt. Aber auf seiner Stirn glitzern Schweißtropfen und sein Blick sagt, dass er sich aufrichtig um seine Tochter sorgt. Trotzdem schlägt seine Sorge bei meinem Anblick in Wut um. Ich dürfte gar nicht hier sein, das wissen wir alle.

„Du …“ Mit erhobener Hand schießt Gernot auf mich zu, und ich habe keine Chance, wegzulaufen. In Bruchteilen einer Sekunde kesselt er mich zwischen sich und der Bande ein. Mein Bein reagiert schneller, als ich es kontrollieren kann. Mit einem dumpfen Geräusch trifft die Sohle meines Stiefels sein Knie. Keuchend gerät er ins Wanken und kippt fast hintenüber, doch Nolan gelingt es, ihn so abzufangen, dass er seine Balance wiederfindet.

„Bist du wahnsinnig, Roxy?“, zischt Nolan, schiebt sich an Gernot vorbei und greift um meine Taille, um mich einige Meter aus der Schusslinie zu ziehen. Ich lasse mich schnaubend wegführen, während mein Herz so schnell und laut schlägt, dass mein gesamter Oberkörper vibriert. „Was machst du da nur?“

„Er hat mich angegriffen!“, verteidige ich mich heiser. „Hast du das nicht gesehen?“

Nolan wirft einen hastigen Blick zurück, doch Gernot ist bereits von Lydias schrillen Rufen abgelenkt. „Gernot! Der Krankenwagen kommt! Ger-not!!“

Wow, das ging ja schnell. Wenn auf der Straße was passiert ist, hat es immer ewig gedauert, bis Hilfe kam. Vielleicht haben die Hohensteins ihren eigenen Erste-Hilfe-Service.

Gernot dreht sich ruckartig um und stapft mit steifen Schritten aus der Halle, ohne sich weiter um uns zu kümmern. Erleichtert atme ich aus.

„Mann, Roxy. Du kannst ihn doch nicht einfach treten!"

„Du siehst doch, dass ich es kann." Stolz bin ich allerdings nicht darauf. Ich habe den Hohensteins und Hilberts einen Grund mehr geliefert, mich als asoziales Subjekt zu sehen. Und eigentlich wollte ich so was doch nie wieder tun ... Nie wieder.

Die Sirenen des Krankenwagens verstummen. Als hätten wir uns wortlos abgesprochen, verlassen Nolan und ich das Viereck und stellen uns in die Hallentür, um zu den Stallungen hinüberzuschauen, wo der Krankenwagen mit lautlosem Blaulicht gehalten hat und zwei Sanitäter eine Bahre aus der hinteren Tür ziehen. Nolan versperrt den anderen die Sicht auf mich, doch an ihm vorbei kann ich fast die gesamte Szenerie überblicken.

Es dauert nur wenige Augenblicke, bis die Sanitäter wieder auftauchen. Isabella sitzt mit blassem, ausdruckslosem Gesicht auf der Bahre. Ihr Unterarm liegt frei, jemand hat ihre Bluse aufgerissen – selbst von hier aus kann ich die Bissspuren und die starke Schwellung erkennen. Lydia bleibt dicht neben ihr und redet ununterbrochen auf sie ein. Vermutlich soll es beruhigend wirken. Jetzt kommt auch Gernot aus dem Stall, wo Saphir immer noch tobt und seine Hufe gegen die Boxenwand knallen lässt, und steigt zusammen mit Lydia in den Krankenwagen. Kaum sind die Türen geschlossen, setzt er sich in Bewegung. Das Martinshorn ist so laut, dass ich mir die Hände auf die Ohren pressen muss, weil mein Trommelfell zu schmerzen beginnt.

„Ist es denn sehr wichtig, was du mir sagen wolltest? Oder kann es warten?", fragt Nolan mit belegter Stimme, als ich meine Hände von den Ohren nehme. Er sieht elend aus.

„Kann warten." Von mir aus bis zum Sankt-Nimmerleins-Tag. „Was machen wir jetzt?"

„Ich rufe den Trainer an und sage ihm ab, und dann versuche ich Lydia zu erreichen. Ich muss wissen, wie es Isabella geht. Kannst du derweil Jakob in die Box bringen?"

Ich nicke nur. Eigentlich ist es so gekommen, wie ich es mir gewünscht habe: Ich muss nicht lesen oder schreiben, sondern kann mit Pferden zusammen sein. Aber ich wollte nicht, dass es auf diese Weise dazu kommt. Ich wollte nicht, dass Isabella sich verletzt. Ich wollte nicht, dass Saphir anderen wehtut. Ich wollte auch niemals Menschen treten oder mich mit ihnen anlegen. Und doch bringt dieser Stall plötzlich alles Schlechte zum Vorschein, mit dem ich nichts mehr zu tun haben wollte. Als würde ich meine Welt im Gepäck tragen und selbst den edelsten Tempel damit beschmutzen können.

Mit hängenden Schultern schlurfe ich zu Jakob, dessen Ohren immer noch in alle Richtungen spielen, hake den Strick ein und führe ihn in den Privatstall, wo ich ihn sofort in seine Box stelle. Auf sein Futter muss er heute warten. Ich kann Saphir keine Sekunde länger alleine lassen.

Der Gestank seines Angstschweißes durchdringt die gesamte Stallgasse und bringt mich beinahe zum Würgen. Dennoch versuche ich, mich so geschmeidig und weich wie möglich zu bewegen, während ich mich ihm nähere. Schon auf halbem Weg kann ich sehen, wie er sich aufgepeitscht um sich selbst dreht, mit angelegten Ohren und geblähten Nüstern, und immer wieder Anläufe macht, gegen die Boxenwand zu steigen. Er gibt alles, um sich aus diesem Gefängnis zu befreien – und wenn es ihn das Leben kostet. Doch so weit werde ich es nicht kommen lassen.

Ich handele schnell, wortlos und ruhig – ganz ähnlich wie früher bei meinen Überfällen, doch dieses Mal fühlt es sich richtig an und das verleiht mir zusätzliche Kraft. Ohne Saphir anzusehen oder ihn gar anzusprechen, nehme ich das Halfter vom Haken, schiebe die Boxentür ein Stückchen auf, stelle mich an die Wand und warte, bis er in seiner Panik bemerkt hat, dass sich etwas verändert hat. Seine Hufe verharren im durchwühlten Stroh, seine Nüstern ziehen unruhig Luft ein und die kotverklebten Haare seines Schweifs peitschen aufgeregt gegen die Boxenwand, doch er hat aufgehört zu toben. Ich summe leise, tief aus meinem Bauch heraus, bevor ich ihm den Strick um den Hals lege und sanft das Halfter überziehe. Erst dann öffne ich die Boxentür vollständig.

Sofort macht er einen Satz nach vorne, doch ich habe damit gerechnet und den Strick lang gelassen, sodass es keinen zu starken Ruck gibt. Sobald er wieder stehen bleibt, gehe ich zielstrebig an seiner zuckenden Hinterhand vorbei nach vorne, als gäbe es nur ein Ziel und als würde ihm dieses Ziel maximale Sicherheit schenken, und kaum habe ich seinen Kopf erreicht, setzt auch er sich wieder in Bewegung.

Ich habe das Gefühl, ein Bündel Dynamit durch die Stallgasse zu führen, dessen Lunte bereits knisternd brennt, und auch die anderen Pferde reagieren darauf. Eines nach dem anderen dreht sich um und blickt gebannt auf Saphir. Einen Moment lang überlege ich, ob es nicht sinnvoll gewesen wäre, Jakob mitzunehmen, damit Saphir nicht alleine ist. Doch jetzt ist es zu spät, ich werde Saphir nicht mehr anhalten können, bis wir die Halle erreicht haben – falls wir sie denn erreichen, ohne dass er sich vorher losreißt und wie an seinem ersten Tag über den Hof stürmt. Und dieses Mal stehen die Tore offen. Er könnte fliehen.

Nolan ist weit und breit nicht zu sehen. Wahrscheinlich hat er sich zum Telefonieren in die Schänke zurückgezogen. Ohne Eile, aber in raschem Tempo steuere ich das Hallentor an, das glücklicherweise breit genug ist, damit Saphir und ich es einigermaßen gefahrlos durchschreiten können. Wir waren schon gemeinsam dort drin und alles war gut, denke ich beruhigend. Erinnerst du dich? Isabella ist nicht hier. Gernot und Lydia sind nicht hier. Selbst Nolan ist nicht hier. Wir beide sind ganz alleine und dir geschieht nichts, was du nicht willst.

Kurz vor dem Tor erschreckt Saphir sich vor einer tief fliegenden Schwalbe, doch ich reagiere blitzschnell und trete zur Seite, bevor er mich über den Haufen rennen kann. Der Strick spannt sich nur kurz und ich versuche sofort, ein wenig nachzugeben, ohne die Verbindung zu Saphir zu verlieren – und nach zwei, drei tänzelnden Schritten auf der Stelle schnaubt er durchdringend, den Kopf gereckt, bevor seine Nüstern sich mir wieder nähern und wir unseren Weg in die sichere Halle fortsetzen können.

Der kritischste Punkt ist die Bandentür. Ich muss sie erst aufdrücken und es ist nicht zu verhindern, dass sie dabei gegen die Umrandung des Vierecks schlägt, denn ich habe nur eine Hand frei. Doch Saphir scheint plötzlich zu wissen, was ich vorhabe, und fixiert mit seinen glänzenden schwarzen Augen den Sand, als stiegen ferne Erinnerungen in ihm auf. Erinnerungen an die Wüste? An die grenzenlose Weite seiner Heimat, seine Familie, seine Ahnen? Er selbst hat all das nie erlebt, aber er trägt diese Bilder in seinem Blut, sie werden ihn niemals verlassen.

Wie von selbst passiert er neben mir den schmalen Durchgang, sein ganzer Körper vor Aufmerksamkeit gespannt, sodass er mir noch hochbeiniger und schlanker vorkommt als sonst. Seinen Kopf trägt er nun so steil, dass seine Mähne wellig nach hinten fällt, und mir ist, als könne ich den Rhythmus seines Herzens unter meiner Haut spüren.

„Gleich", flüstere ich kaum hörbar. Nachdem ich so vorsichtig wie möglich die Bandentüre geschlossen habe, laufe ich mit ihm in die Mitte der Halle und muss mich auf die Zehenspitzen stellen, um das Halfter von seinem Kopf zu streifen. Noch während ich es nach unten ziehe, reißt er seine Nase heraus, wendet sich ab und stürmt davon. Mit gesenktem Kopf, wie bei unserer ersten Begegnung, bleibe ich stehen, die Arme leicht ausgebreitet, und lasse ihn tanzen; wild, ungezügelt, entfesselt.

Buckelnd schießt er über den Sand, manchmal auch nur knapp an mir vorbei, und immer wieder höre ich es in seinen Muskeln und Gelenken laut knacken, weil sich etwas löst, doch kein einziges Mal bin ich in Gefahr, von seinen Hufen getroffen zu werden.

Dennoch lasse ich mich sicherheitshalber in die Hocke sinken und setze mich schließlich im Schneidersitz auf den sandigen Boden, während er in halsbrecherischem Tempo um mich herum galoppiert, nun nur noch hin und wieder unterbrochen von ungestümen Bocksprüngen und Bucklern. Zwei Mal äppelt er im Laufen, doch es ist nicht zu vergleichen mit seinem Verhalten in der Stallgasse.

Was ich hier tue, ist eine Notmaßnahme, mehr nicht, und heilen kann sie ihn nicht. Doch es ist mehr, als er bisher bekommen hat. Er wird früh genug wieder zurück in sein Gefängnis wandern müssen, also lasse ich ihn tun, was er tun muss. Rennen und toben, bis er sich ein wenig entspannen kann.

Es geschieht schneller, als ich erwartet habe. Nach einem weiteren Bocksprung fällt er unvermittelt in den Trab, schwungvoll und federnd, dann in den Schritt, bis er einige Meter von mir entfernt stehen bleibt. Meine Hände ruhen auf meinen Oberschenkeln, mein Blick ist immer noch gesenkt, mein Rücken rund.

Mit einem schweren, tiefen Seufzen geht Saphir mir entgegen. Ich weiß nicht, was er vorhat, doch ich verspüre nicht die geringste Angst. Er ist aufgeregt und durcheinander, aber nicht mein Feind. Vor allem bin ich nicht sein Feind – und das weiß er.

Trotzdem steigen mir die Tränen in die Augen, als er plötzlich die Vorderbeine einknickt, sich mit einem weiteren Seufzen fallen lässt und seinen Kopf vor mir in den Sand legt, so nah, dass ich seine Nüstern anfassen könnte. Wieder seufzt er, wobei sein ganzer Körper erbebt. Er wälzt sich nicht, bleibt einfach nur liegen, als hätte er sich ergeben – ohne dass ich je etwas von ihm gefordert habe.

Ich berühre ihn nicht.

Ich möchte sein Vertrauen nicht ausnutzen. Doch wir brauchen meine streichelnden Hände nicht, um verbunden zu sein. Auch brauchen wir dazu keinen Strick, kein Halfter, keinen Sattel.

Das hier ist mehr, viel viel mehr, als ich jemals mit einem Menschen erlebt habe. Ich weiß nicht einmal, ob es das zwischen Menschen gibt.

Minutenlang verharren wir so, ich sitzend und Saphir liegend, bis ich aus dem Augenwinkel eine Bewegung und ein Licht wahrnehme und Saphir alarmiert seinen Kopf hebt. Noch bevor ich aufstehen kann, ist er schon wieder auf den Beinen und weicht ins hinterste Eck der Halle aus.

„Was machst du da?"

„Nichts, ich ... egal." Hat Nolan uns beobachtet – und fotografiert? Oder gar gefilmt? War der Gegenstand, den er eben so rasch in die Tasche gesteckt hat, sein Handy?

„Was soll das, Roxy? Willst du mich mit aller Macht dazu bringen, dich zu feuern? Wie kompliziert soll es denn noch werden?" Okay, auch für Nolan scheint Angriff die beste Verteidigung zu sein. Doch er hat recht. Das hier wird von Tag zu Tag komplizierter. Und auch Steffen hatte recht – es war mir nicht klar gewesen, wie sehr, und es ärgert mich, wenn ich daran denke, wie ich es runterspielen wollte.

„Es ist nicht kompliziert", widerspreche ich trotzdem. „Ich habe Saphir nur aus seiner Box befreit und ..."

„Du hättest tot sein können!", fällt Nolan mir ins Wort, ohne jedoch zu uns ins Viereck zu kommen. Fürchtet er sich vor Saphir? „Mensch, der hat Isa echt heftig in den Arm gebissen, als sie ihn halftern wollte, und du ... – bist du lebensmüde?"

„Nein. Und bei mir ist, wie du siehst, alles heil." Demonstrativ schiebe ich meine Ärmel hoch und strecke ihm die Hände entgegen. „Was hätte ich denn deiner Meinung nach tun sollen? Darauf warten, dass er sich in der Box den Hals bricht?“

„Und wie kriegen wir ihn jetzt wieder raus? Hast du daran auch mal gedacht?“

„Na, ganz einfach.“ Ich hebe das Halfter ein Stückchen an. „Damit. So hab ich ihn ja auch hergebracht. Es wird allerdings schwieriger, je länger du hier herumschreist. Das macht ihm Angst.“

„Verfluchte Kacke“, zischt Nolan entnervt. „Wenn jetzt jemand kommt, dann ...“ Kopfschüttelnd vergräbt er alle zehn Finger in seinen Haaren.

„Dann sieht er, dass Saphir kein bösartiges Tier ist“, vollende ich seinen Satz leise. Langsam richte ich mich auf, das Halfter in der Hand, und greife mit der Linken in meine Hosentasche, um das Leckerchen herauszuholen, das seit meinem letzten Dienst dort auf seinen Einsatz wartete. Es ist mein Not-Leckerchen. Ich habe lange gezögert, bevor ich es aus dem kleinen Eimer in Nolans Spind geklaubt habe – für alle Fälle, falls es mal schnell gehen muss. Es duftet durchdringend nach Apfel, und Pferde lieben Äpfel.

Vielleicht auch Wüstenpferde.

Ich strecke meine Hand leicht aus, die Finger weit geöffnet, und warte still, bis Saphir Witterung aufgenommen hat, sich mir nähert und das Leckerchen ganz zart von meiner Handfläche nimmt. Noch während er kaut, streife ich ihm das Halfter über.

Stumm folgt Nolan uns, bis wir am Ende der Stallgasse angekommen sind und ich das tun muss, wovor es mir die ganze Zeit gegraut hat – Saphir wieder einzusperren.

Doch er ist zu erschöpft, um sich zu wehren. Fast willenlos lässt er sich von mir in die Box führen und das Halfter abnehmen. Ich berühre ihn nur kurz am Hals, ein sachtes Kraulen mit den Fingerspitzen, bevor ich mich von ihm abwende.

Ohne Nolan anzuschauen oder ihm gar Tschüs zu sagen, gehe ich an ihm vorbei zum Spind, schnappe mir meinen Rucksack, laufe rüber zur Haltestelle und warte im einsetzenden Frühsommerregen auf den Bus.

Ich will heute keinen einzigen Menschen mehr sehen.

GEMEINGEFÄHRLICH

Die Nachricht kommt früher als erwartet. Ich weiß sofort, dass sie von Nolan stammt – und ich ahne, was sie mir sagen wird. Ich habe damit gerechnet, die ganze Zeit, und doch überrascht mich, dass sie jetzt schon kommt und nicht erst kurz vor dem nächsten Arbeitseinsatz morgen Abend.

Mir schickt sonst niemand Nachrichten über WhatsApp. Meine Kontakte-Liste ist erbärmlich klein. Alle außer Nolan sind hier im Quellenhof: Steffen, Larissa, Clemens, Diana.

Ich verspüre ein wenig Erleichterung, ganz ähnlich wie im Frühjahr, als ich endlich vor Gericht stand und erfahren sollte, was mit mir geschehen würde. Man fürchtet nur das Unbekannte. Das, was ist, kann man sich ansehen, man kann es betrachten, sich daran gewöhnen. Es hat eine Gestalt. Und erst, wenn es eine Gestalt hat, verschwindet die Vorstellung davon, die meistens viel schlimmer ist als das, was letztlich geschieht.

Im Grunde war es die ganze Zeit klar, nur ich wollte es nicht wahrhaben. Meine Zeit auf dem Gestüt war begrenzt, von Beginn an. Und selbst wenn nicht, hätte ich meine Chance spätestens beim letzten Mal verspielt. Ich hab Isabellas Vater gegen das Knie getreten, Nolans Vater hat mich in der Halle erwischt, als ich dort mit seinem Sohn saß und gelacht habe, und ich habe Saphir unerlaubterweise aus der Box geholt und laufen lassen. Ich habe nicht nur eine Grenze überschritten, sondern viele.

An Saphir jedoch darf ich nicht denken. Er ist das Opfer, nicht ich, und mein Magen zieht sich zusammen, als ich mein Handy vom Nachttisch greife, um die Nachricht mühevoll zu entziffern. Ja, sie ist von Nolan – aber es ist kein Text, sondern eine Voicemail. Ein Versehen? Kann nicht sein, sie ist zwei Minuten lang. Jetzt spüre ich nicht nur einen Knoten in meinem Bauch, sondern überdies ein unangenehmes Kribbeln. Ich habe nicht damit gerechnet, Nolan noch einmal sprechen zu hören. Doch ich kann die Nachricht auch nicht ignorieren. Und vielleicht besteht ja eine winzige, unrealistische Chance, dass ich mich irre und meinen Job behalten darf ...

Mit kalter Fingerspitze aktiviere ich den Play-Button.

„Hey, Roxy ...“ Pause. Ich höre Nolan schwer durchatmen. „Ich ... ich muss dir leider für morgen absagen.

Und auch für die nächsten Male. Das – es geht nicht mehr. Es ist …" Wieder tritt eine Pause ein, in der ich Nolan deutlich atmen höre. Er klingt müde wie immer, doch da ist etwas in seiner Stimme, das ich bisher nicht wahrgenommen habe. Was ist es nur? Schmerz? Traurigkeit? Wut? „Es ist schwierig. Ich kann dich da nicht mehr raushalten, deshalb – bitte komm nicht mehr zum Helfen. Wahrscheinlich fange ich sowieso früher in Warendorf an und muss dann runter nach Nürnberg zur Grundausbildung, und dazu vorher noch das Abi und die ganzen Turniere … Okay, ich weiß, genau deshalb hast du mir ja geholfen … weil ich so viel um die Ohren habe, aber … Es geht nicht mehr." Warum druckst du so herum, frage ich mich still, und warte, bis er weiterspricht. Warum sagst du nicht ein einziges Mal klar und unmissverständlich, um was es geht? Ich weiß es doch sowieso! „Du hast echt super mit angepackt und ich schreib dir auch eine gute Beurteilung, damit du woanders arbeiten kannst, in einem anderen Stall, ich schicke sie dir zu, okay? Du hast ein Gespür für Pferde, vergiss das nicht." Wie sollte ich das jemals vergessen – jetzt, nachdem ich mich wieder auf sie eingelassen habe, intensiver als je zuvor? „Tut mir leid, wie das alles gelaufen ist. Aber Isa … ihr geht's nicht gut und sie braucht mich und … Ach, das hab ich dir ja schon alles gesagt." Nolan klingt, als würde er sich über sich selbst ärgern, doch da ist immer noch dieses Dunkle, Schwere in seiner Stimme, das mir den Hals zuschnürt und meine gesamten Zellen in Alarmbereitschaft versetzt. Verschweigt er mir etwas? Wieso macht er so lange Pausen? Hat sein Vater ihm wegen mir gedroht, ihn vielleicht sogar geschlagen? So was kann doch auch in der feinen Gesellschaft passieren; Gewalt gibt es überall. „Sorry, mehr kann ich nicht sagen, ich ... Ich kann nicht. Mach's gut, Roxy. Und ruf mich bitte nicht wieder an, ja? Bitte ..."

„Nicht wieder?", wiederhole ich tonlos, als ich mir sicher bin, dass die Nachricht vollständig abgespielt wurde. „Ich hab dich doch noch nie angerufen ..." Ich war bisher nicht einmal auf die Idee gekommen, ihn anzurufen, warum auch? Wir hatten unsere festen Termine, und ich hätte mich auch krank in den Stall geschleppt.

Mein Blick fällt auf die Uhr des Fernsehers. Es ist 20 vor zehn, Nolan muss also bereits zu Hause sein, wenn ich seinen Stundenplan richtig im Kopf habe, und irgendwie bin ich mir sicher, dass er genauso unruhig und verwirrt auf seinem Bett sitzt wie ich.

Ich verstehe seine Nachricht nicht. Dass ich im Stall nicht erwünscht bin, hat er mir schließlich schon ganz offen gesagt, als ich ihn um den Job gebeten habe. Das ist also nichts Neues für mich! Hätte er nicht wenigstens den Anstand haben können, zu erklären, warum ich nicht mehr kommen darf? Oder ist es ihm peinlich? Er hat weder Gernot und meinen Tritt noch meine Aktion mit Saphir erwähnt ... Und er hat mich nicht um den Schlüssel gebeten!, schießt es mir plötzlich durch den Kopf. Ob er es schlicht vergessen hat?

Meine Überlegungen machen mich so nervös, dass ich aufspringe und durchs dunkle Zimmer tigere, bei laufendem Fernseher, doch heute Abend kann mich sein Geflimmer nicht beruhigen. Ich werde weder schläfrig dabei noch löst sich der dicke, starre Knoten in meinem Bauch. Ich bin so durch den Wind, dass ich fast hechle, doch das schlimmste Gefühl haust in meinem Herzen. Es ist völlig außer Takt geraten und klopft so hektisch und getrieben, dass ich mir immer wieder die Hand gegen die Brust presse, als könnte ich es dadurch zur Ruhe bringen.

Schon seit heute Nachmittag hätte ich nichts lieber getan, als aus meiner Haut zu schlüpfen, um dieses elende Gefühl in mir abstreifen zu können – diese Mischung aus düsteren Vorahnungen, Übelkeit, Herzrasen und dem Drang, etwas zu unternehmen. Aber was nur? Was kann ich denn überhaupt tun?

Trotzdem kann ich Nolans Entscheidung nicht tatenlos hinnehmen, ich muss zum Gestüt fahren – nicht morgen, sondern jetzt! – Und dann? Es ergibt doch keinen Sinn hinzufahren, wenn Nolan gar nicht dort ist! Oder hoffe ich insgeheim, dass er bei Saphir auf mich wartet? Passen derartige Träumereien zu mir?

Meine Finger fühlen sich steif an, als ich das Handy in meine Jeanstasche stopfe und mit unvermindert rasendem Herzen zu Steffens Büro haste. Bei jedem Schritt dröhnt es in meinen Ohren, und ich höre überlaut das Klacken meiner Sohlen auf dem Dielenboden.

Mit der Faust klopfe ich an, warte jedoch nicht auf Steffens Antwort. Es ist, als dürfte ich keine Sekunde verlieren. Steffen lehnt lässig in seinem Chefsessel, hat seine Beine faul auf den Schreibtisch gelegt und schaut irgendeinen asiatischen Ganovenfilm, bei dem sich gerade zwei schwarz gekleidete Kämpfer ein erbittertes Gefecht liefern. Als er mich sieht, schnappt er sich die Fernbedienung und schaltet auf stumm – und dann ganz aus, weil gerade ein halber Schädel über den Bildschirm gesegelt ist. Selbst für Steffens Verhältnisse ist das sozialtherapeutisch nicht verträglich.

„Roxy, was ist denn los? Ist was passiert?“

„Mein Herz“, bringe ich gepresst hervor und deute auf meine Brust. „Es schlägt so komisch ... so schnell ... und mein Bauch fühlt sich so fest an ...“ Ich komme mir vor wie ein kleines Kind, doch ich habe Panik und mit jeder Sekunde hat sie mich stärker im Griff. Trotzdem weiche ich zurück, als Steffen aufsteht und sich mir nähert, seine Augen sorgenvoll auf mich gerichtet. „Nein, bitte nicht anfassen ..."

„Ich fasse dich nicht an, keine Bange. Hast du Fieber? Oder was Falsches gegessen?"

Stumm schüttele ich den Kopf, während mein Puls das Blut immer brutaler durch meine Venen jagt.

„Aber irgendetwas ist doch passiert, oder? Was ist geschehen, Fledermaus?"

„Nolan hat ... er hat mir gekündigt, aber ... damit hab ich gerechnet und es ist okay für mich, es lief nicht mehr gut, nur ... mein Herz tut weh beim Schlagen und mir ist flau, ich weiß nicht, was los ist ..." Hilflos hebe ich die Schultern und fahre mit der flachen Hand über meinen steinharten Unterbauch. „Ich fühle mich nicht gut, wirklich."

„Oh je ...", brummelt Steffen und lehnt sich mit dem Hintern an den Schreibtisch. „Sag mal, kann es sein, dass du verliebt bist, Roxy? Denn so kann sich das anfühlen ... Verliebt zu sein."

„Nein!", widerspreche ich heftig und trete noch einen Schritt zurück, obwohl Steffen keinerlei Anstalten mehr macht, sich mir zu nähern. „Nein, das ist es nicht, es ist was anderes, wie eine ... eine Vorahnung ... Ich muss zum Stall. Bitte, lass mich zum Stall fahren, ich muss ..." Verzweifelt breche ich ab. Ich muss – was? Nolan sehen? Hat Steffen etwa recht mit seiner Vermutung? Bin ich verliebt? Aber das kann es nicht sein. Niemand würde über etwas, was sich derart erbärmlich anfühlt, Romane schreiben und Kinofilme drehen und es preisen und in den Himmel loben. Es wäre eine Krankheit, kein rosarotes Glück. „Ich muss zum Stall!"

„Es geht auf zehn zu, Roxy, du hast Ausgangssperre ab 17 Uhr, das weißt du! Du kannst jetzt nicht zum Stall."

„Aber ich muss! Wirklich, Steffen, ich muss!"

Ein paar Sekunden lang mustert Steffen mich prüfend. Ich kann es kaum ertragen, will meinen Blick aber nicht senken, weil es wirken könnte, als würde ich etwas vor ihm verbergen.

„Kannst du mich hinfahren? Bitte?", frage ich, weil er nichts mehr sagt und ich wieder das Gefühl habe, dass jede Sekunde, die tatenlos zerrinnt, eine zu viel ist.

„Nein, ich hab Präsenz heute Nacht und Diana ist eben heimgefahren. Aber sie würde es sowieso nicht erlauben und sie ist nun mal die Chefin ... Roxy, was ist eigentlich los? Du warst die letzten Tage wieder so still und zurückgezogen, und nun willst du zu Unzeiten nach draußen. Hast du wieder Kontakt mit deinen Leuten von der Straße?"

„Nein!", rufe ich kehlig und raufe mir vor lauter Not die Haare. „Nein, hab ich nicht, es geht um den Stall, ich muss dorthin, ich muss sowieso noch meinen Schlüssel abgeben und ..."

„... und dann bleibst du wieder länger als abgesprochen und keiner weiß, was los ist." Steffen schüttelt entschieden den Kopf. „Roxy, ich kann das nicht durchgehen lassen. No way! Nicht, wenn ich nicht verstehe, warum du dich in letzter Zeit wieder so abschottest, sogar vor mir!"

„Weil ich nicht will, dass du mein Vater wirst!" Nun schreie ich und meine Worte fliegen wie Bomben durch den kleinen Raum. Steffen wird blass unter seinem Dreitagebart. „Ja, ich hab euch gehört, dich und Diana, als ihr im Keller gestritten habt!" Japsend versuche ich, Luft zu bekommen. „Du hast gesagt, dass du vielleicht mein Vater werden willst, aber *ich* will das nicht! Es geht doch sowieso immer schief, immer, und ich will nicht, dass es ... dass es auch mit dir schiefgeht!"

Es dauert unerträglich lange, bis Steffen antworten kann, und seine Augen wirken weich und verletzlich, als er endlich dazu ansetzt. „Okay, Roxy, das ist richtig blöd gelaufen und ich – ich verstehe dich, du hättest das alles nicht hören sollen ..."

„Hab ich aber."

„Ja, und wir müssen darüber reden, einverstanden? In Ruhe?"

„Aber nicht jetzt!" Meine Stimme ist nur noch ein Winseln. „Bitte nicht jetzt. Ich muss zum Stall ... Ich will nicht zurück auf die Straße, ich verspreche es dir, ich schwöre es!“ Ich bin sogar bereit, vor ihm auf die Knie zu fallen, um ihm zu beweisen, dass ich es ernst meine. Er bekommt alles von mir, wenn ich nur weg darf.

„Nein, hör auf, bitte.“ Steffen wendet sich ab und schaut aus dem Fenster, als würde er in der hereinbrechenden Dämmerung nach Antworten suchen. In diesem Raum stehen so viele Fragen, dass wir uns kaum mehr frei bewegen können. Irgendwann wird jede dieser Fragen nach ihrer Antwort verlangen. Doch jetzt müssen sie warten. „Da draußen vor der Treppe lehnt mein Rad am Zaun“, murmelt Steffen vor sich hin, als würde er jemanden ansprechen, der gar nicht im Raum ist. „Mein Geburtsdatum ist der 22. Juni 73. 22673. Genau, 22673. Jemand, der dieses Datum weiß, könnte es sich einfach nehmen und damit wegfahren, und es bis morgen früh wieder zurückstellen, und ich würde es gar nicht bemerken ... weil ich die ganze Nacht in diesem Zimmer sitze und miese asiatische Western schaue und ...“

Die nächsten Worte höre ich schon nicht mehr, denn ich bin nach draußen gestürzt, knie neben dem Rad und drehe hastig am Zahlenschloss herum. 22673 ... Es war doch 22673 gewesen, oder? Lautlos springt es auf und ich wuchte das Rad auf den Bürgersteig, um mich darauf zu schwingen. Der Sattel ist viel zu hoch für mich, meine Füße kommen nicht an die Pedale, doch wenn ich im Stehen fahre, geht es einigermaßen.

Ich muss die Busroute abklappern, einen anderen Weg zum Stall kenne ich nicht, aber ohne die Zwischenstopps bin ich fast schneller da als sonst mit dem Bus.

Achtlos lasse ich das Fahrrad gegen die Wand des Privatstalls fallen und krame in meinen Hosentaschen nach dem Schlüssel. Oh nein ... das ist die falsche Hose ... Der Schlüssel liegt zu Hause im Quellenhof, in der Hosentasche meiner Stalljeans!

Außerdem wirkt das Gestüt sowieso leer und verlassen, Nolans Vespa ist nicht da, in der Schänke brennt kein Licht und in den Stallungen scheint alles friedlich zu sein. Kein Hufgepolter von Saphir, auch die Wagen von den Hohensteins stehen nicht auf dem Parkplatz, nur ein einziger dunkelgrüner Landrover, den ich noch nie auf dem Gestüt gesehen habe.

Ich bin umsonst gekommen. Wahrscheinlich bin ich nicht nur leicht behindert und habe eine schlechte Vergangenheit, sondern fange langsam an, den Verstand zu verlieren.

Keuchend lehne ich mich an die Tür des Privattrakts, um meine Gedanken zu sortieren – und halte verwundert die Luft an, als sie unter meinem Gewicht nachgibt. Sie ist unverschlossen! Drinnen brennt ein schwaches Licht, ganz am Ende der Stallgasse, dort, wo Saphir steht.

Eigentlich will ich ihn nicht sehen, schon gar nicht im Beisein von anderen Menschen. Ich möchte mir nicht schon wieder klarmachen müssen, dass ich nichts an seiner Situation ändern kann.

Doch die flackernde Neonröhre über seiner Box zieht mich an, als hätte mir jemand ein Lasso übergeworfen – ich kann gar nicht anders, ich muss weitergehen! Denn das Licht brennt nicht zufällig. Ein Mann steht in Zielposition vor Saphirs Box und fixiert ihn, im Mund ein Blasrohr, und im selben Moment, in dem ich dieses Bild deuten kann, bemerke ich einen seltsam chemischen Geruch, wie in einem Krankenhaus – und beide Eindrücke genügen, um mich losrennen zu lassen.

Mit voller Wucht werfe ich mich gegen den schweren Körper des Mannes, doch er hat den Pfeil schon abgeschickt, und ich höre, wie er Saphirs dünnes Fell trifft und seine Haut durchbohrt. Warum tobt er nicht wie sonst, wieso wehrt er sich nicht? Der Mann verliert sein Gleichgewicht, stolpert rückwärts über den schweren Metallkoffer hinter sich und schlägt mit dem Hinterkopf gegen die Stallwand. Auch ich kann mich nicht mehr halten und stürze vor ihm auf meine Knie, um mich sofort wieder aufzurichten und auf Abstand zu bringen. Ein flüchtiger Blick genügt, um zu sehen, dass Saphirs Augen bereits glasig wirken und er unnatürlich gespreizt auf seinen langen Beinen steht, als müsse er um sein Gleichgewicht kämpfen. Sein Nasenrücken ist blutig und verkrustet und sein Maul eingerissen, als hätte man mit scharfer Ausrüstung versucht, ihn gefügig zu bekommen.

„Was machen Sie hier? Wieso schießen Sie einen Pfeil auf ihn?"

„Mensch, Mädchen ..." Unter einem schmerzvollen Stöhnen steht der Mann auf und reibt sich seinen Hinterkopf. „Ich dachte, du willst nicht anwesend sein, wenn es passiert? Oder hast du es dir anders überlegt?"

„Was?", frage ich verständnislos, während mein Herz endgültig seinen Takt verliert. „Was anders überlegt?"

Der Mann stutzt und lässt seine mattgrünen Augen kritisch über mich gleiten. „Du bist nicht Isabella von Hohenstein ..."

„Nein, glücklicherweise nicht. Wobei will sie nicht anwesend sein? Wieder irgendeine neue Trainingsmethode, damit dieses Pferd endlich so funktioniert, wie sie sich das wünscht?" Jetzt fängt Saphir sogar zu schwanken an. Was hat der Mann nur mit ihm angestellt?

„Nun ... so kann man es natürlich auch betrachten. Moment, er legt sich hin." Resolut schiebt der Mann mich beiseite und beobachtet fast unbeteiligt, wie Saphirs Beine einknicken und er grunzend ins Stroh sinkt, die Lider halb geschlossen. Sein Atem geht sichtbar langsamer.

„Was war in diesem Pfeil?"

„Eine Sedierung", antwortet der Mann mit leiser Strenge und wendet sich wieder mir zu. „Eine ganz normale Vorbereitung, damit es für ihn leichter wird. Erst schläft er ein, dann kommt die finale Spritze."

Die finale Spritze? Meine Hände ballen sich zu Fäusten, als ich begreife, was hier passiert. Nein. Nein ... Nein! Deshalb wollte Nolan nicht, dass ich wiederkomme ... deshalb hat er so herumgedruckst. Weil er es wusste! Er wusste, dass Saphir sterben muss!

„Sie wollen ihn *töten*?"

„Von wollen kann keine Rede sein." Ich mag es, wie leise der Mann mit mir spricht. Leise und deutlich, ohne Stress. Doch gleichzeitig habe ich noch nie einen Menschen so sehr gehasst wie ihn in diesem Moment. „Ich muss es tun, da dieses Pferd unheilbar verhaltensgestört und hochgradig gefährlich ist."

„Nein, das ist es nicht!", rufe ich und ärgere mich darüber, wie angstvoll ich dabei klinge. Gewaltsam zwinge ich mich, ruhiger zu atmen. Es war erst das Beruhigungsmittel. Die Spritze wurde noch nicht gesetzt. Saphir schläft nur. Nicht durchdrehen, Roxy. „Das ist ein Irrtum, er ist weder gestört noch gefährlich, sondern sensibel und *ver*stört. Nicht *ge*stört!" Nur eine Silbe, doch sie entscheidet über Leben und Tod.

„Darüber habe ich andere Informationen." Wieder wandern die Augen des Mannes über mein Gesicht. „Er hat seine Besitzerin mehrfach abgeworfen, hat sie getreten und gebissen und ist auf vier Trainer losgegangen ..."

„Aber auf Ray nicht!" Verdammt, wieso kenne ich seinen Nachnamen nicht? Wieso hab ich nicht danach gefragt? „Ein Trainer aus ... aus den USA. Ich war dabei, als er mit Saphir gearbeitet hat, ich saß sogar auf ihm drauf. Er ist gesund, sein Rücken war ganz weich und entspannt, und er hat mich nicht abgeworfen!"

„Davon weiß ich nichts", erwidert der Tierarzt zögernd. „Wie heißt du überhaupt?"

„Roxy", antworte ich mit trockener Kehle. „Roxy Marino. Ich bin die Stallhilfe von Nolan Hilbert." Das Gesicht des Mannes hellt sich ein wenig auf. Er kennt Nolan also ... Na, wer kennt ihn nicht in der Reiterszene. „Er hat mich zum Training geholt, weil ich sehr leicht bin und Saphir bisher nur Jockeys kennt ... Ray hat ihn problemlos führen und satteln können und er hat mich auch auf seinen Rücken gehoben."

„Gibt es davon Fotos? Oder Videoaufnahmen?"

„Nein. Ich glaub nicht ..." Isabella postet zwar jeden Scheiß auf Facebook, aber davon hat sie natürlich keine Bilder gemacht. Sie war mit Heulen beschäftigt gewesen, weil ihr Wunsch nicht erfüllt wurde. „Nein, keine Fotos. Aber ich kann mit ihm umgehen, wirklich! Er hat noch nie nach mir getreten oder gebissen, ich kann ihn auch führen, nur ..." Jetzt kann ich es dem Mann nicht beweisen. Saphir liegt ruhiggestellt im Stroh. In diesem Zustand ist er zu jedem Menschen lieb. Doch tot ist er ihnen offenbar am allerliebsten.

„Johann Lubeck." Verwirrt ergreife ich die schwielige, kräftige Hand des Tierarztes, die er mir hinhält, und bin froh, dass er meine sofort wieder loslässt. „Tut mir leid, Roxy, das sind immer noch zu dürftige Informationen – ich habe den Auftrag von den Hohensteins, das Tier zu erlösen ..."

„Zu erlösen wovon?", unterbreche ich ihn scharf. „Von seiner Chance, ein schönes Leben zu führen, wenn er endlich so untergebracht wird, wie er es braucht, und einen Menschen an seiner Seite zu haben, der ihn versteht? Verdammt noch mal, er ist gesund! Er ist nur – ausgebrannt. Fänden Sie es fair, wenn man Sie umbringen würde, weil Sie ein Burn-out haben und gestresst sind?"

Die Andeutung eines Lächelns huscht über sein Gesicht. „In den Unterlagen ist die Rede von ständigen Verdauungsproblemen, Schmerzen im Rücken, Koordinationsschwierigkeiten, Aggressivität ..."

„Das hätten Sie alles auch, wenn sie den ganzen Tag in einem winzigen Raum eingesperrt wären! Das hier ist nichts für ihn, aber er ist gesund und vor Ihnen steht ein Mensch, der mit ihm umgehen kann! Bitte glauben Sie mir doch!"

„Tut mir leid, Roxy, da ist nichts zu machen ohne Beweise. Wenn es stimmt, was du sagst, dann werde ich dieses Tier nicht einschläfern. Aber dafür brauche ich einen Beweis. Wenn es aber nicht stimmt und er noch einmal einen Menschen schwer verletzt, dann ..." Sein Blick verdüstert sich, während er abwehrend den Kopf schüttelt. „Dann kann ich in Zukunft Taxi fahren und mit ein bisschen Pech hab ich dazu noch eine Klage von den Hohensteins am Hals. Dann kriege ich keinen Fuß mehr auf den Boden."

„Er wird niemanden angreifen, wenn er endlich den richtigen Menschen an seiner Seite hat." Bebend hole ich Luft. „Bringen Sie das echt fertig, ohne Gewissensbisse? Ein gesundes, junges Pferd zu töten, weil das für seine Besitzer der einzige Weg ist, ihre reine Weste zu behalten?"

Lubeck schweigt, seine Miene unleserlich. Noch habe ich Hoffnung, das Blatt zu wenden, doch meine Kräfte schwinden. Ich habe tatsächlich keine Beweise. Nie bin ich auf die Idee gekommen, Fotos zu machen oder gar Videos, wenn ich mich mit Saphir beschäftigte. Wozu auch? Ich muss nur in mein Herz blicken, um ihn zu sehen. Doch selbst wenn ich Beweise hätte – wie würde es weitergehen? Die Hohensteins würden einen anderen Tierarzt suchen, der ihren Auftrag erfüllt – und sie würden einen finden. Wenn er nur Nolan gehören würde ... Moment. Nolan. Hatte Nolan nicht sein Handy in der Hand gehabt, als ich mich in der Halle nach ihm umgedreht hatte? Ich dachte, er hätte uns fotografiert, um mich anschwärzen zu können, aber was jetzt zählt, ist: Er hat Bilder von uns ... Von Saphir und mir, ganz egal, wozu er sie gemacht hat.

„Bekomme ich fünf Minuten? Bitte? Ich kann Beweise organisieren."

Dr. Lubeck hat sich an die Wand neben der Box gelehnt, genau dort, wo ich immer stand, und beobachtet abwechselnd Saphir und mich, als könnte er dadurch herausfinden, ob ich die Wahrheit sage.

„Wir haben nur ein kleines Zeitfenster, bis die Sedierung wieder nachlässt und ich nicht mehr zu ihm kann. Also nutze es."

Schätze ich ihn richtig ein? Ist er mehr auf meiner Seite als auf der der Hohensteins, gibt er Saphir eine Chance? Ich krame das Handy so fahrig aus der Hosentasche, dass es mir aus den Fingern rutscht und zu Boden fällt, doch es bleibt heil. Während ich ein paar Meter weiter weg laufe, um ungestört zu sein, schrillt das

Freizeichen in mein Ohr. *Bitte ruf nicht wieder an ...*, hat Nolan mich gebeten. Und nun tu ich genau das. Ich rufe ihn an und er nimmt nicht ab. Weil er denkt, ich sitze zu Hause und will über meinen Job verhandeln und das packt er nicht, ohne mir die Wahrheit zu sagen ... Doch nun kenne ich sie, er kann abnehmen, oh Gott, bitte nimm doch ab, Nolan! Bitte nimm ab! Ich weiß, was los ist, geh doch ran ...

Ich versuche es im stetigen Wechsel über WhatsApp-Call und normale Anrufe. Immer dann, wenn die Mailbox anspringt, breche ich ab und starte einen neuen Anlauf, unermüdlich und wie eine durchgedrehte Stalkerin, bis mein Ohr glüht und mir der Schweiß den Rücken herabrinnt.

Nimm ab ... bitte, bitte nimm ab ... Du bist nicht offline, Nolan, also klingelt dein Handy und du hörst es ... Nimm ab!

„Roxy, ich hab dir doch gesagt, du ..."

„Nolan!" Ich kann nicht weitersprechen, weil ich anfange zu weinen, so erleichtert bin ich, dass er drangeht. Erst nach einigen stummen Schluchzern kann ich wieder Worte formen. „Bitte leg nicht auf und komm in den Stall ... sofort ..."

„Oh nein. Du bist also dort." Nolans Stimme klingt belegt. Hat er etwa auch geheult? „Dann ... weißt du, dass ..."

„Ja, und ich lasse es nicht zu! Er ist gesund, du weißt das, Nolan, und du weißt auch, dass er mir nichts tut, und Dr. Lubeck sagt, wenn er Beweise bekommt, dass jemand mit Saphir umgehen kann, dann ...“ Meine Stimme versagt, weil ich so heftig weinen muss, dass mir die Luft wegbleibt. „... dann ... wird er ihn nicht töten und ...“

„Okay ... Ich bin in zehn Minuten da. Ja? Roxy? Bleib, wo du bist, und warte dort auf mich, hörst du?“

Er hat schon wieder aufgelegt. Ich schmeiße das Handy auf die Strohballen, wische mir mit den Ärmeln die Tränen vom Gesicht und laufe wie auf rohen Eiern zurück zu Dr. Lubeck.

„Nolan Hilbert ist auf dem Weg hierher und in spätestens zehn Minuten da. Haben wir die? Zehn Minuten?“ Ich fange an zu zittern, obwohl mein Rücken glüht und mein Shirt schweißnass an meiner Brust klebt.

„Ja, ich denke, die haben wir.“

Ich schaffe es nicht, bei ihm und Saphir zu warten. Stattdessen laufe ich wieder die Stallgasse herunter und auf den Hof, wo ich wie getrieben auf und ab marschiere und bei jedem Motorengeräusch den Kopf hebe. Noch ist nichts zu spät ... Ich weiß zwar nicht, was wir tun sollen und ob Nolan uns helfen kann, aber noch ist es nicht zu spät ...

Als Nolans Vespa durch das offene Tor tuckert, fangen meine Tränen erneut an zu laufen. Ich kann mich nicht daran erinnern, jemals so viel geweint zu haben. Ich konnte immer damit aufhören, ach, ich konnte es im Keim ersticken. Doch das geht nicht mehr, ganz gleich, wie sehr ich mich anstrenge. Mit fest verschränkten Armen laufe ich Nolan entgegen.

„Roxy ...“, murmelt er, als ich vor ihm stehe und ihn ansehe, verheult und schlotternd. „Ich wollte dir das ersparen, aber er ist zu gefährlich geworden, und sie mussten eine Entscheidung fällen.“

„Sie? Oder ihr? War es auch deine Entscheidung?“

„Nein“, entgegnet er mit sicherer Stimme. „Nein, mich hat niemand gefragt und ich habe es erst erfahren, als es beschlossene Sache war. Aber so ist das nun mal. Die Besitzer entscheiden, was mit ihren Pferden geschieht.“

„Dann werde verdammt noch mal du sein Besitzer! Mach endlich mal was Gutes mit deinem Geld, anstatt tonnenweise karierte Socken zu kaufen und dich bei versnobten Turnieren anzumelden und teure Steaks zu bestellen! Ich zahle dir alles zurück, sobald ich kann, ich verspreche es dir! Wenn er dir gehört, kannst du entscheiden, was mit ihm geschieht, und ich ... ich ...“

„Roxy“, sagt Nolan noch einmal, nun so liebevoll, dass ich einen Schluchzer unterdrücken muss. „Ich hab drei Pferde, und wenn es nach meinem Dad ginge, wären es nur noch zwei. Ich kann mir kein viertes Pferd aufhalsen, erst recht nicht eines wie Saphir, ich kann doch gar nicht mit ihm umgehen, und nach Warendorf kann ich ihn auch nicht mitnehmen!“

„Das ist doch Zukunft!“ Mit dem Handrücken wische ich über meine Nase. „Das ist alles nicht jetzt, aber *jetzt* muss eine Entscheidung gefällt werden und danach sehen wir weiter ...“

„Ich bin mit diesem Pferd überfordert, das geht nicht. Versteh das doch bitte, ich bin ihm nicht gewachsen!“

„Aber er ist mein Freund ... mein Bruder ...“

„Roxy.“ Das dritte Roxy tötet mich. Es tötet das Wilde in mir, das Widerspenstige, das Kantige und Raue. Zurück bleibt ein Wesen, das ich nicht kenne. Ein Wesen, das sich in den Arm nehmen lässt, ohne sich dagegen zu wehren, und plötzlich merkt, dass ihm dort gar nichts Schlimmes widerfährt. Nolans Hände ruhen kaum spürbar auf meinem Arm und meinem Rücken und zwischen meiner Wange und seinem Brustbein bleibt genug Raum, damit ich meinen Kopf noch bewegen kann. Nichts tut weh, nichts engt mich ein. Trotzdem spüre ich seine Wärme überall. Und obwohl das Rohe, Unbezähmbare sich wieder heranpirscht und zurück in meine Adern schießt, bleibt doch das Weiche. Von nun an wird es bleiben – und ich weiß nicht, wie ich damit leben soll. „Ich würde ihn gerne kaufen und ihm das Leben retten, ich hab auch das Geld dafür, doch auf dem Papier wird er mein Pferd sein und ich muss ihm gewachsen sein. Und das bin ich nicht, verstehst du? Ich kann nicht mit ihm umgehen."

Ohne ihn abzuwehren, befreie ich mich aus seiner Umarmung und schaue ihm zitternd in seine schönen, dunklen Augen.

„Doch, das kannst du. Ich weiß es. Du kannst es ..."

Kopfschüttelnd blickt er mich an. „Wieso bist du dir da so sicher?"

„Weil du mit *mir* umgehen kannst", wispere ich, ohne seinem forschenden, fragenden Blick auszuweichen. „Und wenn du mit mir umgehen kannst, kannst du auch mit ihm umgehen. Weißt du, ich ..." Stockend hole ich Luft. „Ich hab ... mich ... ich hab mich noch nie in den Arm nehmen lassen, seit ich mich überhaupt erinnern kann. Noch nie. Das war ... das war eben die erste Umarmung in meinem ganzen Leben und eigentlich mag ich keine Umarmungen, aber ... ich hab dich nicht getreten oder geschlagen oder gebissen, bin nicht weggerannt ... also ..."

„Oh, verdammt, Roxy ... he, nicht mehr weinen ..." Nolan geht in die Knie, eine Geste, als habe er vor mir kapituliert, in Frieden, nicht im Krieg. Seine Augen schimmern feucht. Doch er schluckt seine Tränen hinunter und zwingt sich zu einem Lächeln. „Ich versuche es, okay? Ich kaufe Saphir und hoffe, dass du recht hast und ich mit ihm klarkomme. Hilfst du mir dabei? Denn ohne dich macht der Gulasch aus mir."

„Du bist zu mager für gutes Gulasch." Meine Stimme bebt immer noch und ich schäme mich für mein tränenreiches Geständnis. Ich habe eben viel zu viel von mir offenbart. Doch auch Nolan braucht einen Beweis und die Umarmungsgeschichte war der Beweis. So schrecklich war es außerdem nicht, ich habe es überlebt. Vor Erlösung lache ich schluchzend auf und wische mir mit dem Ärmel übers Gesicht. Nun brauchen wir nur noch den Beweis für Dr. Lubeck. „Du hast Fotos von uns beiden, oder? Wie Saphir vor mir im Sand liegt?"

„Ja, hab ich." Eine sanfte Röte kriecht Nolans Hals hinauf. „Das sah so schön aus, ich musste es einfach festhalten."

„Also ist es ein Video?"

„Beides. Video und Fotos. Übrigens auch vom Training mit Ray. Isa hat mich deshalb fast gekillt und wollte, dass ich sie lösche ... hab ich aber nicht." Nun wandert die Röte auch auf seine Wangenknochen.

„Dann zeig sie ihm! Bitte, zeig sie Dr. Lubeck, er will einen Beweis haben!" Aufgeregt mache ich einen Hüpfer in Richtung Stall und drehe mich sofort wieder zu

Nolan um. „Wenn er weiß, dass es jemanden gibt, der mit Saphir klarkommt, wird er ihn nicht einschläfern, ganz egal, wem er gehört!"

Nolan nickt und wirkt einen Moment lang wie erstarrt. Fang nicht an, nachzudenken, mahne ich ihn in Gedanken. Nur nicht nachdenken!

„Ja, mach ich", murmelt er langsam. „Und dann ... dann rufe ich Gernot an und kaufe ihm das verhaltensgestörte Pferd seiner Tochter ab ... Meiner Freundin, die denkt, dass Saphir tot ist ... Das ist ... boah, das ist krass."

„Es ist das Beste, was du tun kannst!" Wieder mache ich einen Hüpfer, mein Körper ist voller Energie, die sich überall staut. „Verkauf es ihm als gute Tat oder sag, der Tierarzt hat dir damit gedroht, er würde den Stall in Verruf bringen, weil hier kerngesunde Pferde getötet werden sollen! Das werden die nicht wollen, ihr guter Ruf ist ihnen doch das Wichtigste!"

„Alle Achtung. Du bist echt clever." Zum Glück hat er nicht gerissen gesagt. Das ist Dianas Wort für mich. Aus Nolans Mund will ich es nicht hören. „Auf diese Idee wäre ich nicht gekommen, aber das ist gut." Ja, obwohl es eigentlich Dr. Lubeck ist, der Angst hat, seinen guten Ruf zu verlieren – und wenn Nolan bei seiner Version bleibt, wird er auf dem Kastanien-Hof nie mehr einen Auftrag bekommen. Doch vielleicht kann man mit Angst in diesen Kreisen die besten Geschäfte machen. „Das könnte funktionieren." Nolan angelt das Handy aus seiner Jackentasche und schaut es an, als würde er nicht recht glauben können, was er hier vorhat. Doch dann zuckt er mit den Schultern, als sei eh alles egal, und grinst mich schief an.

„Ich wollte dich nicht erschrecken. Mit der – Umarmung."

„Hast du nicht." Doch, hast du, aber ich bin nicht weggelaufen. Ich bin dageblieben. „Wenn du noch einmal davon sprichst, muss ich dich allerdings umbringen."

Jetzt lachen auch seine Augen, nicht nur sein Mund – zum ersten Mal seit Langem wieder. Ich hatte schon vergessen, wie sehr ich es mag.

„Ich zeige dem Doc die Videos und dann begebe ich mich in die Höhle des Löwen." Er macht eine Handbewegung Richtung Schänke. „Könnte eine Nachtschicht werden."

„Ich bleibe hier. In der Nähe."

Nicht direkt bei dir, aber in der Nähe. Du wirst mich sofort finden, wenn du mich brauchst.

„Ja, bleib hier, Roxy. Ohne dich wird's schwierig."

Und mit mir noch viel schwieriger.

Aber manchmal ist das Schwierige so viel schöner als das Einfache.

MACH MAL LEISER

„Langsam wird er wieder der Alte."

„Ja."

Gähnend beobachte ich, wie Saphir wieder aufsteht und ein paar Schritte macht, die Augen noch leicht glasig, aber seine Bewegungen wirken schon zunehmend geschmeidiger und er wagt sogar ein paar Trabsprünge. Erst vor einer Stunde konnte ich ihn aus der Box in die Halle führen. Da zeigte die Uhr halb fünf.

Nolan hatte recht behalten – es ist eine Nachtschicht geworden und noch viel schöner, als ich sie mir hätte ausmalen können. Nach einer halben Stunde Nervenkrieg, die Saphir mit hängender Unterlippe verschlafen hatte, war ein abgezehrt wirkender Hilbert junior aus der Schänke getrottet und hatte das Victory-Zeichen gemacht. Unser Plan war aufgegangen und das Versprechen hoch. Nolan kostet Saphir einige tausend Euro Preisgeld, und überdies hat er Gernot und Lydia versichert, dass er alles tun werde, damit Isabella eines

Tages auf Saphir reiten kann. Wir wissen beide, dass das wahrscheinlich niemals geschehen wird.

Aber an diesem unschuldigen, kühlen Frühsommermorgen zählt nur, dass Saphir atmet. Mehr brauche ich nicht zu wissen.

„In einer Stunde muss ich los ..." Nolan lehnt sich mit geschlossenen Augen gegen die Bande. Wir haben uns in dicke Pferdedecken gewickelt, um nicht zu frieren, und zwischendurch hat Nolan sogar ein Weilchen geschlafen, ganz still und entspannt. Er hat so friedlich dabei ausgesehen. Keine Falte zwischen seinen Brauen. Doch nun zeigt sie sich wieder. Etwas bereitet ihm Kopfzerbrechen.

„Schule?", hake ich anstandshalber nach.

„Mündliche Abiturprüfung. Französisch."

„Ach du große Scheiße ...", entfährt es mir. „Echt jetzt?"

„Ja." Er grinst, ohne dabei seine Augen zu öffnen. „Wird schon irgendwie hinhauen. ‚La chance sourit aux audacieux.'"

„Hm?", mache ich fragend. Ich habe natürlich genau gar nichts verstanden.

„Das Glück ist mit den Unerschrockenen." Nolans Schmunzeln verstärkt sich. „Erinnerst du dich eigentlich noch an den ersten Satz, den ich zu dir gesagt habe?"

„Klar.“ Jetzt muss auch ich grinsen. „Machst du mal lauter?“

Nolan nickt und öffnet die Augen, um Saphir anzusehen, der im ersten, rotgoldenen Licht der Sonne an der Bande steht und entspannt den Hinterhuf eingeknickt hat. Das Beruhigungsmittel wirkt immer noch, und trotzdem sehe ich in diesem Moment die Zukunft. So kann er sein, wenn wir ihm das geben, was er braucht, und nichts von ihm fordern, was er uns nicht bieten kann. Begreift Nolan denn auch, wie schön er ist und welches Glück es bedeutet, mit ihm zusammen zu sein?

„Genau. *Machst du mal lauter?*“ Nolan streicht sich eine widerspenstige Strähne aus der Stirn. „Aber weißt du, was der Satz eigentlich für mich bedeutet?“

„Dass dir klar ist, was für einen miserablen Musikgeschmack du hast?“

Nolan lacht vergnügt auf. „Nein. Er bedeutet für mich, dass es leiser wird. So war es beide Male gewesen. Wenn du hier bist, im Stall, bei den Pferden, beruhigt sich alles ein wenig. Und auch in mir wird es dann stiller und leichter. Weißt du, was ich meine?“

„Ja, ich glaub schon. Ich mag es still auch gerne.“ Gedankenverloren ruht mein Blick auf Saphir.

„Darf ich dir trotzdem eins meiner Lieblingslieder verraten?“

„Wenn es unbedingt sein muss“, gebe ich betont kühl zurück, spüre das Lächeln jedoch in meinen Mundwinkeln lauern. „Kann aber gut sein, dass ich dich danach weniger leiden kann.“

„So, du kannst mich also leiden?“

„Ein bisschen“, antworte ich geplagt und verdrehe die Augen. Dabei stimmt es. Ich kann Nolan leiden – und ich kann mit ihm leiden. Das mit Saphir hat uns beiden wehgetan, und dieser Schmerz hat uns miteinander verbunden. Nur deshalb sitzen wir jetzt hier, nur deshalb lebt Saphir noch.

„Okay, das reicht mir, um dir den Song zu verraten. Ist schon ein bisschen älter, aus den 80ern. Jetzt guck nicht so, das Radio in der Halle empfängt halt nur WDR4!“ Nolan stößt mir leicht den Ellenbogen in die Seite. „Ich kann nichts dafür. Also. Es ist ‚Jalous Guy‘ von ...“ Nolan macht eine kleine, bedeutsame Pause und grinst. „... von Roxy Music.“

“Roxy Music”, wiederhole ich, obwohl ich von der Gruppe noch nie gehört habe. Aber der Gedanke, dass Nolans Lieblingslied von einer Band ist, in der mein Name vorkommt, ist seltsam. Es fühlt sich so persönlich an, obwohl es das nicht ist. Fast wie ein Wink des Schicksals.

„Es ist eher ein ruhiges Lied, passt irgendwie gut zum Reiten ... vor allem der Schluss, da pfeift er ...“

„Oh je, das hört sich wirklich nach einem ganz furchtbaren Song an."

„Ist er nicht. Ich schick ihn dir. Nein, ich spiel ihn dir vor. Jetzt."

Bevor ich protestieren kann, zückt Nolan sein iPhone, sucht den Titel heraus und drückt auf Play.

„Du bist echt ein Weichei", murmele ich augenrollend, nachdem die ersten Takte durch die Morgenluft geschwebt sind und Saphir aufmerksam den Kopf zu uns dreht. Nolan grinst immer noch und lässt seine Wimpern wieder herabgleiten. Auch ich spüre die Müdigkeit in mir hochsteigen, mein Bauch ist endlich wieder weich und warm, mein Herz hat seinen Takt wieder gefunden. Und doch schlägt es anders als je zuvor ...

Dösend verliere ich mich in den harmonischen Klangwellen des Songs und der angenehmen, unaufdringlichen Stimme des Sängers, bis mich Nolans Worte aus dem Halbschlaf zurück in die Gegenwart lotsen.

„Das wird eine Menge Arbeit, Roxy. Und ich hab keinen blassen Schimmer, wie wir das hinkriegen sollen."

„Es gibt immer einen Weg ...", antworte ich träge und schaffe es nicht, meine Augen dafür zu öffnen. Schwer sackt mein Kopf gegen Nolans Schulter. „Immer."

Ich weiß es, weil ich diesen Weg jede Nacht vor mir sehe. Wir müssen nur einen Schritt nach dem anderen gehen, ruhig und vertrauensvoll, und er wird sich uns zeigen.

Noch bevor ich fest einschlafe, sicher gebettet an Nolans Brust, taucht mein Pfad vor mir auf, golden schimmernd und in unendlichen, geheimnisvollen Windungen, und meine Hufe tanzen freudig über den Boden, weil ich es kaum erwarten kann, loszulaufen.

Dieser Weg führt mich nach Hause, in die Geborgenheit des Freiseins, wo ich tief atmen und weit sehen kann und der Wind wie Himmelsmusik in meinen Ohren braust.

Bald schon bin ich da.